Friedrich Panzer

Meister Rûmzlants Leben und Dichten

Friedrich Panzer

Meister Rûmzlants Leben und Dichten

ISBN/EAN: 9783743634336

Hergestellt in Europa, USA, Kanada, Australien, Japan

Cover: Foto ©Raphael Reischuk / pixelio.de

Weitere Bücher finden Sie auf **www.hansebooks.com**

Meister Rûmzlants Leben und Dichten ...

Friedrich Panzer

Gift of

Meister Rûmzlants Leben und Dichten.

---※---

Inaugural-Dissertation

zur

Erwerbung der philosophischen Doktorwürde

an der

Universität Leipzig

von

Friedrich Panzer.

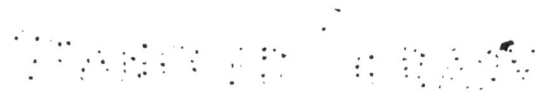

Leipzig-R.
Druck von Oswald Schmidt
1893.

377833

Meinem Vater.

Inhalt.

	Seite
I. Überlieferung	. 7
II. Leben und Persönlichkeit	. . 10
III. Sprache	. . 25
IV. Stil.	. . . 34
V. Metrik.	 39
VI. Textkritik	. 49
VII. Anmerkungen .	 56

I. Überlieferung.

die gedichte meister Rûmzlants überliefern uns:

C die Paris-Heidelberger liederhandschrift bl. 414ᵃ—415ᵇ: 16 sprüche in 4 tönen und 3 lieder (MS II 223ᵇ—226ᵇ, MSH II 367—371). dazu kommen 4 sprüche unter Walther von der Vogelweide bl. 141ᵃ—141ᶜ (MS I 134ᵃᵇ, MSH I 267ᵇ—268ᵃ), durch ton, sprache und J für Rûmzlant bezeugt.*) eine collation von C verdanke ich der güte des herrn dr. Th. Lorentzen in Heidelberg.

J die Jenaer liederhandschrift enthält auf bl. 47ᵇ—62ᵇ**) 105 sprüche in 10 tönen, darunter alles in C überlieferte mit ausnahme der lieder (Myller AMG 7—19; MSH III 52—68, wo hinter 37 der spruch ‚*Ren ram rint rehte râten rûch*' = C 11 fehlt). dazu kommen 2 sprüche unter meister Singof bl. 44ᵃᵇ (MSH III 49ᵇ), in dessen tone verfasst als lösung der voranstehenden rätsel; durch die randbemerkung ‚*rumelant*' von gleichzeitiger hand für unseren dichter bezeugt. — ferner der 11. spruch unter Frauenlob bl. 104ᵇ (MSH II 346ᵃ; Ettmüller 158) mit dem namen am rande von der alten hand der randstrophen. v. d. Hagen (MSH II 346ᵇ) und Ettmüller (Frl. 163) weisen R. auch den 13. spruch unter Frauenlob bl. 104ᵇ zu, in dem der ausdruck einer verständig-nüchternen gesinnung, die den ganzen streit

---

*) Ettmüller versieht ohne berechtigung einen spruch aus C bl. 403ᵇ (Frl. 172) mit der überschrift ‚Rumezlant'.

**) hinter bl. 57 ist ein bl. ausgeschnitten, so dass von spruch 74 der schluss, von 75 der anfang fehlt. durch das fortgehen im gleichen tone sind die folgenden sprüche für unseren dichter gesichert.

‚keiner henne fuss' wert erachtet, sehr wohl zu der ganzen denkungsart unseres dichters stimmt; eine äussere beglaubigung in J fehlt. die entscheidung über das autorrecht Rûmzlants an diesen sprüchen wird von der grundsätzlichen stellung abhängen, die man diesen streitgedichten gegenüber einnimmt. da mundartliche eigenheiten hier nicht entscheiden können, die bestimmte aufstellung Frauenlobs als verfassers aller dieser streitsprüche (Ettmüller, Frauenlob XXVIII) ist meines erachtens nicht unbedingt zuzugeben. man wird sich die sache etwa folgendermassen zu denken haben. es ist tatsache, dass wir häufig zwei dichter in heftiger litterarischer fehde finden. ich erinnere abgesehen von gegnerschaften, denen rein persönliche motive zu grunde gelegen haben mögen wie bei Walther und Reinmar, Walther und Wicman, Reinmar dem Fiedler (?) und Liutold von Seven besonders an Konrad von Würzburg und den Meissner, Marner und Reinmar von Zweter, Meissner und Marner, Marner und Rûmzlant, Rûmzlant und Singof, Gervelin und Meissner, Boppe und Meissner, Stolle und Hardegger. schon diese beispiele zeigen bestimmte gruppierungen der sänger; zwei hervorragendere dichter wie der Marner und Meissner haben den streit begonnen und bleiben auch ferner im mittelpunkte desselben als die hauptangriffspunkte stehen, während die übrige schar der kunstgenossen nun für und wider partei nimmt, an heftigkeit und unflätiger grobheit bald die sprüche der ursprünglichen gegner weit überbietend. so mag es auch in dem alten streite, ob der name ‚weib' oder ‚frau' vorzuziehen sei, gegangen sein: in dem kampfe für Regenbogen gegen Frauenlob sehen wir unseren dichter hier wie überall mit dem Meissner (MSH III 105^b) zusammengehen. schon die nächste überlieferung liebte diese streitsprüche unter einem dichter zusammenzustellen (wie die Rûmzlants unter Singof in J) selbst ohne bezeichnung der verschiedenen autoren (so steht ein spruch des Hardeggers, gegen den Stolle ankämpft, in J unter dem letzteren, ein spruch des Meissners, dem Boppe entgegnet, unter diesem in C ohne vermerk der autorschaft). dass eine spätere zeit gefallen daran fand, diese vereinzelten, aus bestimmten anlässen und äusserungen hervorgegangenen streit-

sprüche (die man sich ja gewiss nicht als stegreifdichtung
bei persönlichem gegenüberstehen der dichter zu denken hat)
zu förmlichen streitgedichten auszuspinnen, ist begreiflich;
gewiss aber liegen auch hier überall in ihrem ursprunge
richtige erinnerungen an alte gegnerschaften, von geschäftiger
sagenbildung verdunkelt und verallgemeinert, zu grunde.*) in
der ausdrucksweise der beiden sprüche spricht manches für
Rûmzlant, so dass ich ihm die autorschaft, die J ihm zuweist,
nicht absprechen möchte. — auszuscheiden ist dagegen J 79
„*An Rûmelande ich des wânde*', indem jedenfalls die annahme
natürlicher erscheint, dass der spruch an unseren dichter ge-
richtet ist und sich nur infolge des in der ersten zeile ge-
nannten namens und des tones unter seine gedichte verirrt
hat, als dass er ihn an einen anderen Rûmelant, etwa den in
J auf ihn folgenden Rûmelant von Swâben, gerichtet habe.
dass man sich in solchen fällen eines tones des adressaten
bediente, war allgemeiner, vielfach zu belegender brauch.
der verfasser von J 79 steht übrigens unserem dichter land-
schaftlich nahe (*ungerne: herne, louben*). — ich habe die hs.
selbst neu collationiert.**)

 W zwei blätter einer Wolfenbüttler hs., perga-
ment, 14. jh., von bibliothekar v. Heinemann von büchereln-
bänden abgelöst und veröffentlicht ZfdA XXXII. 84 fg., ent-
halten nur sprüche unseres dichters (ohne den namen zu
nennen) und zwar bl. 1ᵃ = J 37ᵃ (C 11) 38; bl. 1ᵇ = J 44.
45. 46 (C 16); bl. 2ᵃ = J 47. 48 (C 12); bl. 2ᵇ = J 61 (C 6).
62 (C 7), alle fragmentarisch und lückenhaft in folge des
schlechten zustandes der blätter. die sprüche stehen in W,
wie man sieht, genau in derselben reihenfolge wie in J; da

---

*) vgl. auch die ausführungen von Diez zur tenzone, Poesie der
Troub. 164 fg.
**) Ich citiere nach J mit beibehaltung der (unrichtigen) zählung
v. d. Hagens, nur die auch in C (also MSH II) stehenden sprüche als
C 1 usw. (die zahlen stehen MSH hinter jeder ersten zeile); die in C
unter Walther stehenden sprüche citiere ich als W 360—363, die in J
unter Singof stehenden als S 5. 6, die unter Frauenlob nach Ettmüller
als Frl. 158. 163. — den text gebe ich auf grund der neucollation der
hss. und meiner ausführungen über R.s. sprache.

ausserdem der text von W in fast allen fällen mit dem von
J (oft gegen C) zusammenstimmt, so darf man eine gemein-
same vorlage annehmen, die nur, wie einzelne wortaus-
lassungen in W zeigen, von dem schreiber von W etwas
weniger sorgfältig copiert wurde, als von dem schreiber von J.
die orthographie, in wenigen einzelheiten von J abweichend,
weist W gleichfalls nach Mitteldeutschland. die hs. scheint
auch noten gegeben zu haben, da über einzelnen sprüchen
sich darauf zielende bemerkungen finden. (*Noch in der wyse.
In eadem melodia. In der wyse. Item. Da nach in der selben
wyse dise liet.*).

K die Kolmarer meistersingerhandschrift gibt bl.
762ª drei strophen unter der überschrift „*Im gescinden ton
Meinster Rumslant Etlich sprechen Wolframs*' (bei Bartsch
CLXI). der ton ist unter den echten sprüchen R.s nicht
bezeugt. Bartsch nimmt die strophen für R. in anspruch, da
sie, ‚wenn auch nur leise, die mundartliche färbung tragen,
welche wir an den liedern des dichters kennen.' der allein
mundartlich geprägte reim *ungelart* : *wart* weist allerdings nach
Mitteldeutschland; aber R. reimt W 362 *ungeléret* : *méret* : *geéret*.
das thema, die frage nach dem aufenthalte gottes vor der
erschaffung der erde ist erst der späteren spruchdichtung
geläufig (Kolm. no. 189. CLVIII. Wackernagel DKl. II 1084),
auf die auch die seltsam verschrobene ausdrucksweise und die
strenge verbindung der 3 strophen zu einem bar hinweisen,
so dass ich die sprüche nicht unserem R. zuweisen möchte.

II. Leben und Persönlichkeit.

den namen unseres dichters überliefert J als *Rumelant*
in der überschrift seiner sprüche sowohl wie in der randschrift
unter meister Singof bl. 44ª und unter Frauenlob bl. 104ᵇ,
wie im spruch 79. C nennt ihn in index und überschrift
Rumslant. auch in K erscheint er als *Rumslant* und wird
ebenso von Hans Folz, Konrad Nachtigall und Valentin Voigt
(siehe unten) *Rumslant* bez. *Ruumslant*, *Ramsslant* genannt.

kann er den namen in dieser form auch nicht in seiner nd. heimat erhalten haben, so dass also J vielleicht das ursprünglichere überliefert, so wird doch die letztere namensform zur benennung unseres dichters vorzuziehen sein, da er unter ihr im gedächtnisse der nachwelt fortlebte.*)

C J K nennen R. *meister*, und so lässt er selbst sich 101,4 anreden, auch ist ihm in C kein wappen beigegeben.

das b i l d in C scheint lediglich aus der ausdeutung seines namens geflossen. es zeigt einen mann im begriffe zu pferde zu steigen, während ein zweiter links vor ihm stehender mit der linken hand die zügel des pferdes hält, die rechte wie segnend gegen den scheidenden erhebt. darüber sieht man, von einem zinnenkranze halb verdeckt, eine frau im gebende von zwei rittern zum tanze geführt, zu dem rechts ein fiedler, links ein pfeifer aufspielen.

bei keinem zeitgenössischen dichter wird R. erwähnt. Von den späteren nennt ihn Hans Folz unter den älteren dichtern (Goedeke Grundr.² I 308). Konrad Nachtigall sagt in seiner aufzählung der alten meister (Wackernagel D. Kl. II 1078 no. 1311) von ihm nur (1. 24): *der Raumslant wol gesungen hat*. in Valentin Voigts vorrede zu seinen meisterliedern (Jenaer hs. von 1558 bl. 1ᵇ, abgedruckt in Tentzels Monatl. Unterredungen von 1691 s. 931 fg. und danach in Schilters Thesaur. III. 89) erscheint auch *der Ramsslant* in der langen reihe der alten sänger.**) — behufs feststellung seiner lebensverhältnisse sind wir demnach allein auf das angewiesen, was wir aus seinen gedichten entnehmen können.

seine h e i m a t ergibt sich aus seinen sprüchen gegen den

---

*) über die bedeutung des namens vgl. Uhland Schr. II 306 u. 125; im Renner 1734 erscheint Raumedazlant als räubername; luntrûner übersetzt profugus im glossar einer Pommersfelder hs. Germ. XXXVII. 187; er begegnet noch im 15. jh. als schelte, vgl. Roethe A. D. Biogr. XXX. 97.

**) in der abschrift von Ad. Puschmans Gründl. Bericht ds. d. Meisterges. im kgl. staatsarchiv in Posen (vgl. hierüber R. Jonas in der Zeitschr. d. hist. Ges. f. d. Prov. Posen II 11 fg.) fehlt, wie mir herr archivrat dr. Prümer auf meine anfrage gütigst mittoilt, unser dichter in dem Puschmans werk vorausgeschickten langen register der meistersänger; auch trägt keiner der dort verzeichneten töne seinen namen.

Marner, wo er sich (37) als Sachsen ausdrücklich dem Schwaben gegenüber stellt; die untersuchung seiner sprache wird uns das bestätigen. aber er mag nicht allzulange in der heimat geweilt haben. seine dichtung zeugt von weiten fahrten, die uns die lobsprüche auf die herren, die dem fahrenden gut um ehre gaben, verfolgen lassen. wir gewinnen daraus zugleich eine zeitbestimmung für unseren dichter.

Er ist weit nach süden gekommen. dem lobe herzog L u d w i g s (II. 1253—1294) v o n B a i e r n widmet er einen begeisterten spruch (76); die übliche vergleichung mit stolzen tieren genügt ihm nicht, mannliches lob erfordere des herzogs ruhm, der sich durch die ganze welt strassen und steige gebahnt habe. frau Ehre selbst sollte ihm neigen zum lohne für seine trefflichkeit. und noch einmal lässt er des herzogs lob in vollen tönen erklingen (24). ‚wie der lichte morgen nach dunkler nacht, wie die sonne am blauen himmelszelt, klar wie die luft, so leuchtet über das Baiernland des edlen fürsten tugend, der den gehrenden all ihre pfänder löst; er ist der erste unter den laienfürsten bei der kaiserwahl, herzog und pfalzgraf in einer person.' Ludwig hatte in der tat die seit 1214 mit Baiern vereinigte Pfalz bei der teilung der erblande mit seinem bruder Heinrich XIII. (1255) für sich behalten, dazu aber auch den oberen teil Baierns, und beide brüder führten den titel ‚pfalzgraf bei Rhein, herzog von Baiern'. (vgl. Riezler, Gesch. Baierns II 112.). diese ausdrückliche hervorhebung der eigenschaft Ludwigs als ersten kurfürsten hatte nur sinn, solange diese würde von aktueller bedeutung war; wir dürfen also unseren spruch vor den oktober 1273, die zeit der wahl Rudolfs, setzen. leicht mag R. bei der wahl selbst (1. okt. 1273), bei der Ludwig eine so hervorragende rolle spielte (hatte er sich doch selbst um die krone beworben! bei der abstimmung übertrugen die fürsten alle ihm ihre stimme, und er ernannte Rudolf feierlich zum könig. Riezler a. a. o. II 137, Lorenz, D. Gesch. I 429), zugegen gewesen und nachher im gefolge des neuen königs von Frankfurt nach Aachen gezogen sein. das Chronicon Colmariense weiss von einem 3 meilen langen zuge zu erzählen, der Rudolf zur krönungsstadt begleitete und dort eine förmliche teuerung hervorrief (SS. XVII. 243.). die spielleute haben darunter gewiss nicht gefehlt.*) jedenfalls ist R. bei der krönung Rudolfs zu Aachen am 24. okt. 1273 anwesend. mit warmen worten begrüsst er (66) den neuen herrscher: ‚lange haben die reichskleinodien auf Trivels gelegen; 5 könige sah Deutschland seit Friedrichs II. tode, aber das reich war ihnen allen *unbereit*; nun nehme es der edle Schwabenfürst in besitz, und gott schenke ihm heil!' die reichskleinodien waren Rudolf in der tat schon zu Mainz ausgeliefert worden (Chron. Colm. a. a. o. p. 243: venit rex in Moguntiam ibique presentantur ei signa regalia, que predecessores sui reges cum pecunia maxima vix poterant obtinere) wohl von Ludwig von Baiern, dem Reinhard von Hoheneck sie gegen zahlung von 1000 mark silber, so wie sie ihm von könig Richard anvertraut worden, zu überantworten versprochen hatte (vgl. die von Riezler Forschungen XX. 237 veröffentlichte urk. vom 11. okt. 1273). Rudolf knüpfte übrigens seine regierungshandlungen unmittelbar an Friedrich II. als letzten rechtmässigen vorgänger an, indem er weder Konrad noch Wilhelm noch Richard als vollberechtigte könige anerkannte und sie zu nennen vermied (vgl. Böhmer, Regesten Rud. s. 53.).

auch der Braunschweiger hof war R. eine gastliche stätte. er wünscht sich (23) die weisheit aller der grossen meister des altertums, um den fürsten würdig zu preisen, dessen name spielend versteckt wird. hier sah der dichter (72) den Merkurius glückverheissend erglänzen; wohl tritt zeitweilig eine trübe wolke verdunkelnd vor ihn, aber R. vertraut dem leuchtenden glanze seines sternes, der den nebel bald wieder durchbrechen wird. das scheint auf eine vorübergehende trübung des verhältnisses zu dem fürsten zu deuten. gemeint ist herzog Albrecht, von seiner körperlänge Magnus beigenannt, ein tapferer, kriegerischer herr, dessen am 15. aug. 1279 erfolgten tod der dichter innig beklagt (88).**)

---

*) Friedrich v. Sonnenburg, der die bekannte wundererscheinung des kreuzes über dem münster bei der krönung erzählt, verdankt die nachricht dem gegenwärtig gewesenen Brunecker, MSH III 73 b.
**) Albrecht rühmt auch der Tanhäuser MSH II 90 b.

auch in Mecklenburg hat R. sich umgetan. beim grafen Günzelin (III.) von Schwerin hat er manchen frohen tag gehabt (94), er darf ihn seinen auserwählten freund nennen, und sein tod versetzt ihn in tiefe trauer. der graf war ein kampflustiger herr, der sich um das mein und dein nicht allzuviel kümmerte; er machte sich ein vergnügen daraus, die reichen warenzüge der zwischen Hamburg und Lübeck verkehrenden kaufleute auszuplündern und wurde dafür auf mahnung derer, die 1267 den landfrieden zu Quedlinburg beschworen hatten, von herzog Albrecht von Braunschweig durch entreissung seiner besitzungen am linken elbufer gezüchtigt. (Havemann, Gesch. v. Braunschw. II 403.). gestorben ist der graf im herbst 1274.

96 feiert die herren von Riddagesdorf und Plawe als den zobelbesatz am mantel der frau Ehre. dies sonderbare bild findet seine erklärung in den vornamen der gepriesenen. ein Zabel de Redigesdorpe und ein Zabel de Plawe erscheinen zusammen als zeugen in einer urkunde des fürsten Nicolaus v. Werle, ausgestellt am 13. jan. 1274 zu Röbel (Mecklenb. Urk.-buch II 1314), in einer urk. desselben fürsten vom 5. juni 1274 stehen als zeugen „Prizbur et frater eius Sabellus de Redichsdorp, Sabellus de Plauwe" (a. a. o. II 1327), eine urk. der markgrafen Otto und Albrecht von Brandenburg am 25. mai 1277 (? 1276) zu Wusterhausen ausgefertigt (a. a. o. II 1439) bezeugen neben anderen Zabellus de Redicstorp, Zabellus de Plawe. Zabel de Redicstorp (auch Redingstorph, Redikisdorf) allein erscheint noch als zeuge in urkunden derselben markgrafen vom 9. aug. 1275 (a. a. o. II 1370); 9. jan., 25. mai und 18. aug. 1280 (a. a. o. II 1513. 1540. 1548); 21. jan. 1281 (II 1610), 28. okt. 1283 (III 1702), 9. mai 1285 (III 1797) als Brandenburgischer vasall.*) über die spätere ritterfamilie von Plaue vgl. Jahrb. für mecklenb. Gesch. XVII. 46 fg. Dass die beiden Zabel in allen urk. unmittelbar nebeneinander erscheinen, scheint auf ein engeres

---

*) Nicolaus v. Worle † 1275/77 kämpfte unglücklich gegen die markgrafen von Brandenburg und musste das land Freienstein, Wesenberg und einen teil des landes Turne an sie abtreten. Lützow, Gesch. v. Mecklbg. II 24.

·eundschaftliches oder verwandtschaftliches verhältnis zwischen inen zu deuten,*) so dass es erklärlich wird, dass ein pruch beider lob verkündet, abgesehen davon, dass bei den päteren spruchdichtern nicht selten minder mächtige gönner ich damit begnügen mussten, zu zweien in einem spruche .bgetan zu werden (wie bei Sigeher MSH II 362ᵇ 3, Rûmeant von Swâben III 69ª 3).

die länder an der ostsee waren gerade in diesen jahrzehnten rasch und entscheidend für das deutschtum gewonnen worden. unter dem schwerte der deutschordensritter, den kriegs- und kreuzzügen der markgrafen von Brandenburg und Ottokars von Böhmen hielt die deutsche kultur siegreichen einzug im osten, und deutsche burgen und städte blühten in stattlicher anzahl rasch empor. friedlicher vollzog sich die germanisierung der alten wendischen herzogtümer, von den einheimischen fürsten selbst mit richtiger erkenntnis tatkräftig gefördert. herzog Barnims I. regierung (1222 bis 1278), sonst durch den verlust grosser gebietsteile an das damals mächtig aufstrebende Brandenburg und die schwächung der hausmacht infolge massloser freigebigkeit gegen die geistlichkeit wenig ausgezeichnet, wurde doch segensreich für sein land durch seine sympathie für das deutschtum. die ehrenämter an seinem hofe, der durch fürstlichen prunk sich hervortat, wurden fast ausschliesslich von deutschen bekleidet. er verlieh 1243 Stettin deutsches recht, durch seine huldvolle pflege des bürgertums gelangten die pommerschen städte rasch zu hoher blüte. kein wunder, dass das land auch die fahrenden lockte, von deren einströmen mit den deutschen kolonisten wir bald spuren finden. Hermann der Damen preist (MSH III 168 ᵇ) den edlen Johann von Gristow, der unweit Greifswald auf mässigem freien erbe sass, der Meissner (MSH III 92ᵇ) den bischof Hermann von Kamin, der bedeutsam, wenn auch nicht immer rühmlich in der geschichte Pommerns hervortritt; ja der fürst von Rügen erscheint selbst mit minneliedern und sprüchen in der reihe der sänger.

---

*) sie waren sich auch räumlich nahe. Redickesdorf, Restorf, schon im mittelalter zu grunde gegangen, lag bei Benzin, A. Lübz.

Barnims I. tod (1278) beklagt unser dichter (25. 26.), gewiss
mit recht die grosse milde des fürsten rühmend, dem schon
die nächsten zeitgenossen den beinamen des guten gaben.*)
noch weiter nach norden führte den dichter sein un-
stätes wanderleben. in Dänemark scheint er festen fuss
gefasst zu haben.**) der ermordung könig Erichs widmet er
4 sprüche (77. 102—104) voll wütenden eifers gegen die mörder.
Erich Glipping (1259—1286), ein treuloser, schwacher.
vom adel und der königinmutter Margarete gänzlich ab-
hängiger fürst, unter dem das land die traurigsten zeiten
erlebte, der *decimas ecclesiarum tulit, nullam fecit institiam.
monasteria per equos suos et canes depauperavit, totusque lubricus
uxores nobilium violavit* (Petrus Olai, Chron. bei Langebek
Script. rer. dan. I 124) verdiente kaum das mitleid, das unser
dichter ihm zuwendet. die geschichte seines schmählichen
endes erzählt Petrus Olai's Chron. (a. a. o. I 125): *Waldemarus
filius Erici ducis ... conspirare cepit cum Jacobo comite et
Stigoto Marskalco et Ranone et aliis aliquibus nobilibus regni,
in mortem Regis, qui et interfectus fuit per aliquos ab eis
missos iuxta Wiberg et truculentissime jugulatus a suis propriis
in sempiternum opprobrium Danorum, dum dormiret in lecto suo
clam in nocte sancte Cecilie* (d. i. 22. nov.) *Anno Dom. 1286
anno vero regni sui XXVII. sepultusque Vibergis in ecclesia
cathedrali, recepit autem vulnera mortalia LVI. quorum fuit
nullum infra pectus praeter unum* in genauer übereinstimmung,
wie man sieht, mit unserem dem ereignisse gleichzeitigen
dichter.***) vom grafen Jakob, wie dem marschall Stig, wollte

---

*) vgl. Barthold, Gesch. v. Rügen und Pommern II 288 fg. 562 fg.

**) lange vor Klopstock scheint der dänische hof deutscher dichtung
öfter eine zufluchtsstätte geboten zu haben. Erich VI. Plogpenning
rühmt Reinmar v. Zweter 148, Erich VII. Tanhäuser MSH II. 89^b und
Frauenlob 370. 371; von Boppe erzählt Cyr. Spangenberg, V. dr. Musica
u. den meistersingern ed. Keller s. 133, dass er, ‚Auch ein weill in
Donnemarckh gewesen'. Michael Beheim lockte der ruf von Christians I.
grossmut und tüchtigkeit dahin (vgl. Karajans vorr. zum Buch von den
Wienern s. XXXVII fg.). noch 1666 reiste der meistersinger Christian
Hafner aus Nürnberg an den hof nach Kopenhagen, wo er jedermann
wohlgefiel (Grimm, Altd. Ms. s. 33a.).

***) so dass also hier Petrus Olais Chron. entgegen Dahlmanns anman wissen, dass der könig ihre frauen verführt habe. unser dichter bejammert die tat, ruft die ganze christenheit zur rache auf und verflucht die mörder. dieselben waren in der tat alsbald vom erzbischof des reiches in den bann getan worden; als sie aber von einer auf dem nach Skjelsör berufenen reichstage gegen sie bevorstehenden untersuchung hörten, suchten sie sich der person des jungen königs und seiner mutter zu bemächtigen und die regierung an sich zu reissen. herzog Waldemar vereitelte den anschlag. auf diese vorkommnisse scheint R. (103) anzuspielen. die mörder entkamen übrigens nach Norwegen und erzwangen nach langwierigen kämpfen gegen ihr vaterland, in denen die kirche ihnen ihren liebreichen schutz lieh, die ungestrafte rückkehr (1295). — den jungen könig Erich Menved (1286—1319), der beim tode seines vaters erst 12 jahre zählte, begrüsst R. in einem begeisterten spruche (67); er sei jung an jahren, aber nichts fehle ihm an voller mannestüchtigkeit; mit recht führe der ehrenreiche seinen namen.

über diese zeit hinaus können wir unseren dichter nicht verfolgen. einige zeitliche anhaltspunkte bieten uns noch seine litterarischen beziehungen und die litterarischen streitigkeiten, in die er verwickelt erscheint.

mit dem Marner vor allen finden wir ihn in heftiger litterarischer fehde. dieser scheint sich gerühmt zu haben, dass die flut seines geistes zu stark sei für ein rad an der mühle der kunst. daran knüpft R. an (35. 37). ‚wohl treibt dein bach drei räder, das eine mahlt dir latein, das findet nicht sonderlichen beifall bei mir; das zweite mahlt dir schwäbisch, aber dein deutsch ist uns *zu drête;* das dritte rad ist dein alter, aber das ist kein verdienst; wäre ich den pfad zu deutsch und latein so lange gegangen wie du, mein gesang wäre auch besser. deine mühle bleibt dir oft leer trotz ihres starken wassers! bist du gelehrt und als der beste deutsche sänger anerkannt, so ist das eine grosse ehre,

---

sicht (Dän. Gesch. I 422) mehr glauben verdient als seine annalen. die den könig in einer scheuer bei Wiborg von der jagd ausruhend überfallen und an 70 wunden sterben lassen (bei Langebek I 188, dazu Anonymi Chron. Dano-Svev. ebd. I 392)

aber du darfst dich darum nicht über andere erheben; gott
gibt einem Sachsen wohl auch so viel wie einem Schwaben.'
der Marner hatte einen wütenden spruch (XIII. 3) gegen die
gelehrte anmassung eines kunstgenossen — ich zweifle nicht,
dass der Meissner gemeint ist *) — geschlossen mit den worten
*jâ, er übersinnic, tumber gouch. lâz uns ein lützel got gegeben
des sinnes ouch: er künste git ich meine an sîme dunke.* R.s
worte: *daz sante Pâwel in der pisteln hât gesprochen: ,got gi
nâch sînem willen' lâ daz ungerochen!* müssen als eine un-
mittelbare anknüpfung hieran erscheinen, indem sich unser
dichter seines verehrten (87) landsmannes und sangesgenossen
gegen den Schwaben annimmt, wie dieser in Gervelîn MSH
III 38ᵇ und Boppe MSH II 384ᵃ helfer findet. — immerhin
ist das noch durchaus massvoll gehalten; R. erkennt Marners
geistige überlegenheit an und wendet sich nur gegen seinen
hochmut. dann aber gibt er ein rätsel zum besten (C 11),
das an deutlichkeit und grobheit allerdings nichts zu wünschen
übrig lässt. ,*Ren ram rint rehte rûten rûch*' sagt er den namen
umkehrend (die auflösung *marner* ist in C von alter hand an
den rand geschrieben), ,es ist ein renntier an wildheit, ein
bock an ungeschicklichkeit, an anstand ein rind; vor alter
geht es rückwärts und trägt doch seine grauen hare auf
einem kindskopf.'**) wir begreifen diese derbe sprache, wenn
wir uns die masslose überhebung Marners vergegenwärtigen,
der den unendlich hoch über ihm stehenden Reinmar v. Zweter
einen tönedieb und lügner schilt, um ihm gleich darauf seine
lügenmärchen möglichst wörtlich nachzuahmen. — als aber
mörder den schwachen, erblindeten greis erschlagen haben,
da widmet ihm R. einen tiefempfundenen nachruf (9), der an
edelmut wenigstens der klage Walthers um Reinmar in nichts
nachsteht. der Marner ist bestimmt vor 1287, wahrscheinlich
vor 1273 gestorben (Strauch s. 22); auch die scheltsprüche
R.s gegen ihn fallen in sein alter.

---

*) Strauch s. 25 bezieht den spruch auf Reinmar v. Zweter; Schön-
bach AfdA III 123 fg. schwankt zwischen Meissner und Rûmzlant;
Roethe, Reinmar v. Zweter s. 186 u. 233 entscheidet sich für Meissner.

**) auf des Marners wahrscheinlichen vornamen Konrad scheint hier
C 11 mit dem *nâ rât* hingedeutet, wie schon 35 mit *rat*.

dass etwa auch der grobe scheltspruch C 12, der in C wenigstens unmittelbar hinter dem rätsel von dem Marner steht, gegen diesen gerichtet sei, lässt sich mit einiger wahrscheinlichkeit vermuten. vielleicht auch der spruch 29, der gegen die *gar gelêrten leiebêren pfaffen**) eifert. schon Wilmanns und Schneider (De vita et carm. Marn. p. 15) haben in Marner einen entsprungenen kleriker vermutet. seine kenntnis des lateinischen und der auf gelehrter speculation beruhenden geistlichen musik, der umstand, dass ihn R. ausdrücklich den laien gegenüber stellt (37), sowie dass seine vier lateinischen gedichte (X. 15, XV. 361, ZfdA XXII. 254, XXIII. 90) alle an geistliche gerichtet sind, geben dieser vermutung einen hohen grad von wahrscheinlichkeit.**)

noch gegen eines zweiten dichters überhebung erhebt R. seine spöttisch scheltende stimme. diesmal kennen wir auch die unmittelbare veranlassung des streites. meister Singof, ein mitteldeutscher spruchdichter, von dem J nur vier strophen überliefert, die keine nähere aufklärung über ihren verfasser geben, hat zwei rätsel verfasst (MSH III 49. 3. 4) und fordert einen *durchgründegen* meister auf, mit hilfe von drei anderen klugen meistern eine lösung zu versuchen. R. löst seine rätsel im gleichen tone (S. 5. 6) und sucht ihm einiges an seiner darin ausgekramten weisheit zu flicken. aber auch seiner überhebung lässt er noch eine höhnische zurechtweisung zu teil werden (86. 87). ‚vier meister sollen zur lösung deiner rätsel nötig sein! schon der Meissner allein ist dir

---

*) Marner betont allerdings XIV. 257 selbst die unerforschlichkeit der wunder des weltalls.

**) wie häufig ähnliches der fall gewesen sein muss, zeigen die statuten der bremischen provinzialsynode, die erzbischof Giselbert in einer urk. vom 17. märz 1292 (Mecklenb. Urkb. III 2156) bekannt macht: *Item omnibus et singulis prelatis ac clericis nostre diocesis et provincie prohibemus, ne in domibus suis vel commestionibus scolares vagos, qui goliardi vel histriones alio nomine appellantur, per quos non modicum vilescit dignitas clericalis, ullatenus recipiant, illos maxime, qui in sacris ordinibus constituti a clericali habitu apostatantes et ordine laicalem habitum assumpserunt. Quod cum premissis statutis omnibus et singulis sub* [...] *municationis pena precipimus firmiter observari.*

weit überlegen, lass noch Konrad v. Würzburg, den Unvurzageten und Helleviur dazu kommen und deine kunst wird kläglich eingehen vor diesen meistern! Konrad v. Würzburg ist 1287 gestorben. den Meissner können wir seit den sechziger Jahren des 13. jh. verfolgen; er stand R. landschaftlich nahe, auch die gemeinsame feindschaft gegen den Marner gibt einen berührungspunkt. auf die gelehrsamkeit, die R. an ihm rühmt, tut er sich selbst viel zu gute. er ist ein armer fahrender,*) aber immerhin einer von den besseren: seine politischen sprüche, voll kraftvollen widerspruchs gegen die verkommene geistlichkeit, sind nicht von rein persönlichem interesse dictiert, zeigen noch ein warmes gefühl für des gemeinen vaterlandes wohl und wehe. ihn und Konrad v. Würzburg nennt auch Hermann der Damen als die besten sänger unter den lebenden (MSH III 163ᵇ 4): *Der Missnaere und meister Chuonrât, die zwêne sint nû die besten, ir sanc gemezzen unde ebene stât: kunden, gesten ist er nâch prîse geweben.* — der Helleviur, von dem J allein wenige sprüche überliefert, fällt gleichfalls in die zeit des zwischenreiches, für dessen wirrsale er die fürsten verantwortlich macht. schwer drückt ihn seine bittere armut. seine sprache ist klar, voll schöner bilder; seine dichtung, die den einfluss Walthers nicht verleugnet, zeigt uns einen ernsten, nationalen, freimütigen mann, dem wir gerne die stelle gönnen, die ihm R. unter den ersten sängern seiner zeit einräumt. dem Unvurzageten mögen persönliche beziehungen zu unserem dichter zu dieser ehre verholfen haben; seine sprache

---

*) Frisch, Untersuchungen über die versch. mhd. dichter, die den namen Meissner führen. Jen. Diss. 1887 s. 19 fg. will ihn (was übrigens schon vor Frisch Boll, Gesch. des Landes Stargard I 314 getan hatte) mit dem in Mecklenburgischen und Brandenburgischen urk. 1273—1303 erscheinenden Henricus Misnerus, ritter der fürsten von Werle und der markgrafen von Brandenburg identificieren, — sehr mit unrecht, wie mir scheint, wenn man die persönlichen verhältnisse und beziehungen unseres armen (MSH III 89 ᵃ 18, 95 ᵇ 54, 100 ᵇ 79, 104 ᵃ 101, 105 ᵃ 106), viel wandernden (ebd 87 ᵃ 8, 103 ᵇ 97) dichters erwägt. wie passt dazu der ritter, der die kastellanei von Wesenberg inne hat und dem kloster Stepenitz eine kornerhebung aus seinem Dorfe Gartin vergabt (Mecklbg Urkb. III no. 1975.)?

weist nach dem norden. aus den überlieferten sprüchen tritt er uns als ein geschickter reimer entgegen ohne alle individualität, in nichts sich über das durchschnittsmass erhebend; geben und nehmen bildet fast ausschliesslich den inhalt seiner dichtung, lob oder tadel der gehrenden entscheiden über ehre und würdigkeit eines jeden mannes.

über R.s eingriff in den streit um *wip* und *vrouwe* ist bereits im 1. cap. gehandelt.

überblicken wir das ergebnis dieser betrachtungen, so sehen wir als wahrscheinliche oder sichere datierungen der einzelnen sprüche gewonnen: für 35. 36. 37. 9 die zeit vor 1273, für 24 und 66 das jahr 1273, 94:1274, 25. 26:1278, 23 vor 1279, 88:1279, 77. 102—104. 67:1286. nach 1286 entschwindet der dichter in Dänemark unseren augen.

was die gedichte über seine sonstigen lebensumstände vermelden ist nicht allzu viel. sie zeigen uns einen biederen, durchaus auf volkstümlichem boden stehenden mann, alles prunken mit gelehrsamkeit liegt ihm fern und er verurteilt es an anderen; freilich besass er auch nicht viel davon, konnte er doch gar nicht latein (36)! sein äusserer lebenslauf ist das gewöhnliche erdenwallen des armen fahrenden, den dasselbe in die lande sendet, was den wolf aus dem holze jagt: der leidige hunger (wie der dichter von Kolm. LIV, diesem prächtig frischen, in seiner naiven offenheit fast rührenden liede singt). *manige swêre* drückt den dichter (53.7), selbst zu häufiger lüge zwingt ihn die bittere not (15), und heftig klagt er über die kargheit der herren (47. 53), die zahlreiche sprüche zur milde mahnen (C 10. 44. 45. 46. 47. 89). trübe erfahrungen lassen ihn vor der trügerischen herrenhuld warnen (90. 91); doch scheint er auch bessere zeiten gesehen zu haben: sein glücksschiff hat allen anfeindungen trotzend in getreuen herzen guten ankergrund gefunden (70). der spruch 81, in seiner ausführung gewiss bildlich zu nehmen, mag doch von der tatsache ausgehen,[*]

---

[*] so auch Burdach, Reinm. und Waltb. s. 7, dagegen Roethe, Reinm. v. Zw. s. 75. a. 117; vgl. den ganz ähnlichen spruch des Zilies von Seine MSH III 26 ᵃ 3, selbst für Alexander MSH III 28 ᵇ 16 ist ein wirkliches creignis als ausgangspunkt wohl denkbar.

dass der berittene dichter auf der strasse wie auf geistigem gebiete sich des spottes seiner hier wie dort neidisch unter ihm stehenden kunstgenossen zu erwehren hatte. ein *singerlin* scheint ihn auf seinen fahrten begleitet zu haben, das ihm abspenstig gemacht zu haben er einen befreundeten sänger beschuldigt hat (79). es mögen das knaben sein, die zufall und neigung früh in die reihen der fahrenden führte; erwies sich einer tüchtig, etwa als guter sänger und geschickter vorträger und verband damit ein angenehmes äussere, so musste er seinem herren wertvoll erscheinen. mancher dichter mag in seinen jungen jahren so als eines meisters *singerlin* durchs land gezogen sein. Frauenlob 108, wo ein meister einen jungen sänger als *kneht* annimmt (wobei hier so gut die formen des ritterlichen lehensempfangs gewählt sind, wie noch die späten meistersängerischen streitlieder sich durchaus in den formen und formeln des ritterlichen zweikampfes und turniers bewegen, vgl. Kolm. LXI, CXXXIII) wird es sich um dasselbe verhältnis handeln. leicht mag Hermann der Damen der hier auftretende meister sein, der dann MSH III 167 den üppigen schüler zurechtweist, wie Ulrich v. Singenberg (ed. Wackernagel 114 fg.) den jugendlichen sohn, der dem vater wider seinen willen in kunst und liebe ins handwerk pfuscht.

die bösen wirrsale des zwischenreichs spiegeln sich in vielen sprüchen. unrecht hat das recht verdrängt (15), friede und freude sind unstät geworden (20), die richter sind feil (82), die ganze welt ist voll hass und feindschaft (92) und wiederhallt vom waffenlärm; der räuber steht in hohem ansehen (38), der bauer selbst verlässt den pflug und stellt sich in die scharen der buschklepper (39); dringend mahnt der dichter die fürsten zu endlichem frieden (40). der fahrende hatte unter der allgemeinen friedlosigkeit und der unsicherheit der strassen gewiss auch persönlich viel zu leiden, und wir tun ihm vielleicht zu viel ehre an, wenn wir alle diese scheltenden und mahnenden sprüche ausschliesslich seiner sorge um das allgemeine beste zuschreiben.

l e h r h a f t ist naturgemäss der hauptteil von R.s dichtung. scheltsprüche allgemeinen und persönlichen charakters gegen die loterritter (6), die wânpropheten (29), die heuchler (42. 43), die falschen (50. 83), den törichten maler (52), die prahler (93), die kargen herren (C 10. 44. 47. 89), die ungetreuen (100), wechseln mit allgemeinen betrachtungen, die rechtes leben schildern (10), das böse als folie des guten hinstellen (21), das wesen wahren adels erörtern (31), den wert der feindschaft der bösen betonen (57), die barmherzigkeit als die erste tugend feiern (65), die weisheit der welteinrichtung durch die selbstzufriedenheit des einzelnen zu erweisen suchen (95), vor affen und toren warnen (58) und das richtige benehmen diesen gegenüber lehren (59). — alles, wie man sieht, und wie die anmerkungen näher erweisen, überall in der spruchdichtung in unzähligen variationen wiederkehrende themata.

29 sprüche, also mehr als der vierte teil, sind religiösen inhalts (alle töne mit ausnahme des letzten werden mit religiösen sprüchen eröffnet, und R. gibt das 80. 97 ausdrücklich als seine absicht zu erkennen);*) schade nur, dass man in ihnen weit weniger den ausdruck holder andacht, jener still innigen, kindlichen frömmigkeit findet, die die wenig umfangreiche geistliche dichtung eines Walther so liebenswürdig macht, als die schwülstig mystische art der späteren spruchdichter, die die kirchlichen dogmen auszulegen und mit allerlei scholastischen spitzfindigkeiten als in der natur uranfänglich vorgebildet darzustellen bemüht ist. so werden die vier elemente (W 360—363), so der hahnenschrei (51), so der traum Nebukadnezars (C 13—15) in religiösem sinne gedeutet. die hergebrachten christlichen symbole müssen reichlich zur ausschmückung der sprüche herhalten, finden auch wohl ausführliche ausdeutung, wie Gedeons flies (27. 28) oder das einhorn (C 6. 7).

mit vorliebe knüpft die lehre an eine kleine erzählung an: von dem weisen Cato (12), von Christi lehren an seine jünger (13), von dem heidenkönig und seinem lehr-

---

*) wie Walther 78. 29, Sigeher MSH II 362 ᵃ 363 ᵃ, Holleviur MSH III 33 ᵃ, Hermann d. Damen MSH III 167 ᵃ, Sonnenburg V, Frauenlob 389. 390.

meister (30), von dem blinden mit der tackel (41), von den ausgehungerten hunden, die zur jagd untauglich sind (45), von Christus und dem ertrinkenden (49), dem sänger Heralt (56), dem weisen und dem dummen im walde (71), der dreifachen kerze (75); oder tiereigenschaften werden auf menschliche verhältnisse gedeutet: die schwalbe erscheint als bild des lauten toren (C 12), der bissige, schweifwedelnde hund als typus des henchlers (43), die löwin als nachahmenswertes vorbild für den sünder (78); oder das messing wird dem golde, der typus des falschen dem des wahren gegenüber gestellt (8), wie die falschen turnosen die falschheit der herren versinnlichen (84).

von der kunst hat der dichter eine hohe meinung; sie ist gut in sich und der besitz wahrer kunst stellt den niedrig geborenen dem edlen gleich (73). noch betrachtet er es im sinne einer vergangenen froheren zeit als den beruf des dichters, dass er *der werlde vröude mêre;* der sünder solle seine fehltritte beweinen und gott werde sich seiner reue freuen, aber übel stünden dem dichter die tränen, nein *„der werlde sol man singen!"* (54. 55).

mehrmals gehören mehrere sprüche zusammen, so C 3—5, 35. 36, 86. 87, 90. 91, besonders wo der erzählung die ausdeutung folgt wie W 360—363, C 6. 7, C 13—15, 27. 28.

die drei lieder in C suchen in dem jahrzeitbild als eingang einen etwas freudigeren ton anzuschlagen, dem bald allerlei moralisierende betrachtungen über frauenehre und rechte minne sonderbar genug nachfolgen: selbst wo R. die schönheit der geliebten preist und sie über alles geschaffene erhebt (C 24), vergisst er nicht, die engel vorsichtig auszunehmen! im allgemeinen zeigen die lieder nur, dass sich der spruchdichter hier auf ein ihm innerlich fremdes gebiet gewagt hat; sie sind zu objectiv, viel zu viel erzählend und moralisierend, und entbehren bei aller sinnlichkeit ganz des leidenschaftlichen gefühls, das wir in derartigen lyrischen producten nicht gerne vermissen.

Burdach (Walth. u. Reinm. 134 fg.) und Roethe (a. a. o. disp.) haben auf die grundlegenden unterschiede zwischen der obd. und md. lyrik dieser zeit nachdrücklich hingewiesen;

unser verstandesmässig nüchterner, ehrlicher, wenig gelehrter, formloser dichter darf als der typischste vertreter der norddeutschen art hingestellt werden.

III. Sprache.

die sprache unseres dichters zeigt auf den ersten blick so mannigfache an das nd. erinnernde eigentümlichkeiten, dass wir der überlieferung mit einigem misstrauen entgegen treten und das bedürfnis nach einer genaueren untersuchung empfinden, um die dem dichter zukommende mundart festzustellen. wir betrachten zunächst das durch die reime gesicherte.

a. Laute.

a

verkürzung des *á* vor *ht* beweisen die reime *brahte : ahte* 64, *gedaht : vollenbraht : gestaht* 73, *wimhte : gedahte* 99. danach anzusetzen: *brahte : bedahte* W 360, *gedaht : volbraht* 85.

á < ahe s. h.

á : a gebar : iur C 7, *stat : hát* 13, *klár : gebar* 28, *gábe : habe* 59.

die formen mit *á* für *hán* erweisen die reime *hát : missetát* C 2. 55. 63 : *Cuonrát* 87 : *wát* 96, *hán : ofstán* 22. — für *stán*, *gán gát : rát* 50 : *hát* 90 : *missetát* 69 : *rát : lát* 91 : *rursmát* 93, *stán : hán* 101. — *gán : stán* 40, *stánde : gánde* 103 danach anzusetzen.

berührung von *a* und *o* beweist *zabel : kabel* 96. die formen mit *o* für *wol* und *von* beweisen die reime *wol : rol* 59. 67. C 25, *von : gewon* 94.

e

ë und *e* reimen unterschiedslos: *schëllen : vellen : hellen* W 361, *geselle : snëlle* 6 : *ungevelle : welle : quelle* 71, *begegene : rëgene* 6, *erbe : vurdërbe* 42, *merzen : kerzen : smërzen : lërzen : hërzen* 75, *helt : úzirwelt : gëlt* 76, *elle : irschëlle* 77.

berührung mit *i* beweisen die reime *smitten : mitten : ketten* W 360, *wirket : gemerket* 8.

überschiessendes *e* (Lübben § 18, Weinhold § 85) zeigt *bruche : spruche* 51.

mhd. *œ* wird durch *é* vertreten. beweisender reim *wandelbêre : lêre* (subst.) 58.

danach anzusetzen *mére : wére* W 361 : *gebére* C 8. 10 : *swére* 53. 84 : *wücherére* 82 : *zwivelére* C 18, *wunderére : wunderbére* C 8, *lugenâren : swéren* 14, *genéme : gezéme* 10 : *untzéme* 31, *lugenére : unmére* 31, *héte : dréte* 36 : *tréte : unréte : gréte : unstéte* 78, *benéme : quéme* 44, *rurméze : beséze* 66, *getéte : unstéte* 20.

verkürzung dieses *é* vor *ht* beweist der reim *almehtic : vurbedehtic* 80.

é < *che* s. h.

ewe > *ouwe* beweist der reim *louwen : vurblouwen* 76 (hs. *lewen : vurblewen*).

i

berührung mit *e* s. *e*.

i in *-lich* beweisen die reime *unzuhticlichen : slichen* 78, *rich : vurlustelich : brüneswich* 72.

i < *ibe* s. b. *i* < *ige* s. g.

o

berührung mit *a* s. *a*.

berührung mit *u* beweist *brust : lust : gekust : rust* 96, *kopfer : klopfer* 8, *corste : torste* 2. 85 (*curste : turste?* J *rurste : torste* Weinh. § 63. 415). *u* = mhd. *o* im stv. s. unter *β*.

mhd. *œ* wird durch *ö* vertreten. beweisender reim *beschônet : gelônet* 89. danach anzusetzen *böse : löse* 6, *höret : ungetöret* 55.

u

der umlaut von *u* wird nicht bezeichnet. die reime entscheiden nicht.

berührung mit *o* s. o.

ûw > *ouw* zeigt *louwen : vurblouwen* 76 (hs. *lewen : vurblewen*). danach anzusetzen *gebrouwen : rouwen* 75 (hs. *gebrüwen : ruwen*).

ei

mhd. *ei* erscheint als *ei*, nicht als *é*. für *-heit* erweisen *ei* die reime *unreinicheit : geseit* 12, *volkomenheit : treit* 65, *kristen-*

heit : *geseit* 80. danach anzusetzen *milticheit* : *leit* C 1, *werdicheit* : *bereit* : *leit* 9 : *breit* 85. danach anzusetzen *erscheinet* : *gereinet* W 360, *aleine* : *meine* W 362, *gevleischte* : *vreischte* C 8, *gescheiden* : *heiden* 12. 104 usw.

ei < *egc age* s. g.

iu

mhd. *iu* zeigt sich durch *ú* vertreten, das zu *u* verkürzt wird vor *ht*: *zuht* : *vruht* : *suht* : *fuht* C 22, wie vor *nd*: *vrunde* : *orkunde* 74 : *kunde* 70. 78, *vrunden* : *kunden* : *sunden* 88. danach anzusetzen *natûre* : *vûre* W 363, *sûdet* : *vurgûdet* W 363, *lûten*: *dûten* 6. 41. 45. 92, *vlûzet* : *genûzet* 36. 68, *lûte* : *hûte* 85, *creatûre* : *vûre* 97, *vrûset* : *erkûset* C 23.

ie

mhd. *ie* erscheint hs.lich als *ie* : *zieret* : *gewieret* 8, *diet* : *riet* 25 : *liet* 77, *vurdriezen* : *genieszen* 47, *stiez* : *liez* 63, *allieren* : *vieren* 86, *tier* : *zimier* 96, *vieren* : *zieren* : *ordinieren* 97, *slief* : *tief* 102.

doch erweisen monophthongische aussprache wenigstens vor liquida (mit gleichzeitiger verkürzung) die reime *tier* : *dir* 85, *zimierde* : *wirde* 8 : *dirde* C 19 (wo man an ein *dier*, *wierde*, *dierde* nach obd. art doch nicht wird denken können).

uo, üe

mhd. *uo* reimt nur auf sich selbst, nirgends auf altes *ú*, so dass seine aussprache zweifelhaft bleiben muss (vgl. Bahder, Vok. Probl. 35 fg.). ich habe mich daher zur beibehaltung des hs.lichen *uo* entschlossen.

auf nichtumlautung dieses *û* weist der reim *mûze* (cj.): *unsûze* (adv.) 6.

tûst erweist der reim *tûst* : *mûst* 87.

ou

wie mhd. *vrouwen* : *touwen* 6, *lougen* : *ougen* 10. 52, *touwe* : *schouwe* : *vrouwe* 27 usw.

ouw < *ew* s. *e*, < *ûw* s. *u*.

öu

erscheint als *eu* : *vreuwen* : *steuwen* 43, *vreuwet* : *ungedreuwet* 46.

Consonanten.

liquiden und nasale

wie allgemein mhd. — umstellung des *r* zeigt der reim *zimirde* : *wirde* : *dirde* C 19.

labiale.

für *b* darf man nach der landsmannschaft R.s nd. labiodentale aussprache (*v*) vermuten und der reim *schüf* : *irhúf* 20 scheint das zu bestätigen; ich habe aber mit rücksicht auf den im allgemeinen md. charakter der mundart *b* geschrieben, um eine allzu grosse buntheit zu vermeiden. beweisende reime *prūbet* : *trūbet* C 10 : *betrūbet* 50, *prūben* : *ūben* C 12. 101, *prūbe* : *trūbe* 72, *loben* : *hoben* 80, *lob* : *hob* 88, *gābe* : *grābe* : *Swābe* 66, *lobeten* : *curtobeten* : *gehobeten* 63. danach anzusetzen *curdirbet* : *stirbet* C 10 : *bedirbet* 73, *lebende* : *gebende* C 10, *leben* : *gegeben* 20. 92. 93. 30. 87, *irstarb* : *irwarb* 22. 88. S 6, *begraben* : *laben* 26, *blībet* : *zurībet* C 15 : *tribet* 35, *gābe* : *Swābe* 37, *gelouben* : *rouben* 38, *lib* : *wib* C 7. C 24 : *curtrib* 104. C 25 usw.

ibe > *i* beweist der reim *zit* : *wit* : *lit* : *gil* 89.

p, f wie mhd.: *begrifen* : *phifen* W 361, *kreftic* : *scheftic* W 362, *schaft* : *kraft* : *winkelhaft* C 9, *begrifet* : *untslifet* C 9, *kraft* : *zwibelhaft* C 3, *geloufen* : *toufen* C 15, *pfaffen* : *geschaffen* : *affen* 29, *loufet* : *koufet* 81, *slief* : *tief* 102.

eine wandlung von *ft* > *ht* zeigt sich nirgends. das suffix -*schaft* erweist in dieser form *meisterschaft* : *kraft* 60. 95.

ein ganz sonderbarer, nur aus schönster vermischung von hd. und nd. formen zu erklärender reim ist *geschūf* : *irhūf* 20 (obd. *schuof* : *huop*, md. *schūf* : *hūb*, nd. *schōp* : *hōf*).

assimilation von *mb* > *mm* ist wahrscheinlich, doch nicht erwiesen durch die reime *umme* : *krumme* C 9, *tummer* : *kummer* 70.

dentale.

d ist zu *t* verschoben. beweisende reime *smitten* : *mitten* : *ketten* W 360, *lūter* : *trāter* W 361. danach anzusetzen *spite* : *wite* W 362, *gūte* : *glūte* W 362, *gedūten* : *lūten* 6. 41. 45. 92 *getēte* : *unstēte* 20 usw.

t ist zu *z*, *z,(z,)* verschoben. beweisende reime *heizen* : *reizen* 15. 44. 59, *merzen* : *kerzen* : *lerzen* : *smerzen* : *herzen* 75, *munze* : *unze* 84. danach anzusetzen *wazzer* : *lazzer* W 363, *mûze* : *sûze* : *gelûze* C 9, *laz* : *gehaz* : *baz* 6, *unsûze* : *mûze* 6, *vurgezzen* : *besezzen* C 10. 25, *gehaz* : *daz* 12, *sezzen* : *irgezzen* 13 usw.

ein unverschobenes *t* beweist der reim *smitten* : *mitten* : *ketten* W 360; er ist auch nicht nd. (*smitten* : *midden(e)* : *kedene*); das *tt* erklärt sich aus dem besonderen character dieses im hd. seltenen (= schmutzfleck bei Lexer nur unsere stelle), im nd. ganz gewöhnlichen wortes, vgl. unter *γ*.

nach liquida und nasal ist *t* zu *d* erweicht. beweisende reime *wandelt* : *gewandelt* C 10, *bilden* : *milden* : *wilden* C 17, *golde* : *solde* : *wolde* 8, *schande* : *kande* 13 : *sande* 94, *gerunden* : *kunden* 69, *unschuldic* : *geduldic* 73, *hulden* : *schulden* : *vurgulden* 90, *milde* : *bilde* 95 : *unbilde* 54. danach anzusetzen *selden* : *untgelden* W 363, *gewaldic* : *manicvaldic* C 2. 98 : *drivaldic* C 9, *wolde* : *solde* 41, *milde* : *schilde* 44, *heldet* : *geveldet* 74. — *elementen* : *irkenten* W 360, *marter* : *zarter* W 360 wegen der bes. provenienz dieser wörter.

gutturale.

g wird auslautend *c*. beweisender reim *bale* : *schalc* 100. danach anzusetzen *kreftic* : *scheftic* W 362, *gewaldic* : *drivaldic* C 9, : *manicvaldic* C 2. 98, *gihtic* : *sihtic* 9, *mac* : *tac* 14. 66. 75. 94, *phlac* : *lac* 25, *ungevûc* : *genûc* 35, *trûc* : *slûc* 64, *gerûc* : *klûc* : *wûc* S 6 : *genûc* 65, *unschuldic* : *geduldic* 73, *almehtic* : *vurbedehtic* 80, *kunstic* : *ungunstic* 93.

ige > *î* beweist *zît* : *gît* : *wît* : *lît* 89.

ege > *ei* beweisen *geseit* : *unreinicheit* 12 : *kristenheit* 80. *treit* : *vollenkomenheit* 65. (*sagen* wird bewiesen durch die reime *sagen* : *tragen* C 4 : *behagen* : *tagen* 95). daneben stehen uncontrahierte formen *behagete* : *bejagete* 57, *gesaget* : *maget* C 6 (so J, C *geseit* : *meit*) : *unvurzaget* 74 : *beklaget* 88 : *betaget* 66, *iagete* : *behagete* : *sagete* C 7 (so J W, C *seit* : *jeit* : *beheit*). im versinnern findet sich in J correct geschrieben *leit* 61.7, *seit* 62.1, *treit* 90.5, aber immer *maget*; *iagete* 61.3, 62.5, 7.10.

k ist zu *ch* verschoben. beweisende reime *lachen : sachen* 54, *breche : reche : spreche : vreche : zeche* 72, *noch : loch* 103, *sach : dach* C 23. danach anzusetzen *durchstochen : zerbrochen* W 360, *sachen : machen* W 363. 90, *brechen : sprechen* 10, *rich : unlobelich* 14, *machet : swachet* 14. 83, *sprichet : brichet* C 15. 15. 35. 63. 82 usw.

durch ausfall des *h* bewirkte contraction zeigen *stâle : mâle* C 13, *gesên : spên* 84 : *geschên* 89.

β. Formen.

substantivum.

schwach flectiert gegen allg. mhd. gebrauch ist *hellen* (dat. sg.) : *vellen : schellen* W 361, Weinh. § 461.

dat. sg. von *hant* ohne umlaut : *hant : irkant* 13 : *gewant* C 5.

apokopierung eines neutralen ja-stammes erweist *kin : sin* 52, Weinh. § 455.

als m. gegen allgem. mhd. gebrauch ist verwendet *kur* (*an dem kur* 24.8, md. m. f.), als f. *gart* 28.8 (nd. f.), *grunt* (*zu der grunt* 70.7 nd. f.), *orden* (*nâch meisterlicher orden* C 11, nach allen drei hss. *in kristenlicher orden* 82.11, mnd. nach Lübben wb. III 321ᵇ *orde, -n* m., aber ein beleg als f. Münst. Chr. 2. 185 *in der orden* = der reihe nach).

adjectivum.

-e als endung im n. pl. ntr. erweisen die reime *elle : helle* C 9, *vreche : spreche* 72.

die umgelautete form *elle* (n. pl. m.) ausserdem *elle : irschelle* 77.

pronomen.

die form *unse* steht im versinnern 24.5 *unse phant*, 64.9 *unse nôt*, Weinh. § 480.

ir als pron. poss. flectiert steht im versinnern durch die vermessung gestützt C 3.6, 8.15, 14.10, 39.4, 40.4, 42.9, 102.7, 103.2, Weinh. § 481.

diser als dat. sg. f. steht im versinnern 60.8, 85.12.

der erstarrte gen. *selbes* oder *selben* 13.3.11 u. o.

adverbium.

ein apokopiertes adv. steht im reim 90.6 *vast : last*, C 22 *zuht : vruht : suht : fuht*.

güte als adv. 59.10, 73.1.

partikel.

vollen- findet sich durch das metrum gestützt C 4.2, 23.6, 40.8, 65.8, 73.6. Weinh. § 300 (daneben *volahten* 23.9, *volbraht* 85.7, 99.3).

eine nd. reminiscenz ist auch das häufige fehlen der part. *ge-* im subst. : *walt* C 2.7, *riht* C 3.9, *smîde* 8.6; im adj. : *lich* 47.7; im verb. : *schiht* 86.15, *burt* S. 6.4; part. *vristet* 9.8, *hôrt* 88.13.

verbum.

2. sg. praes. ind. ist in J oft ohne *-t* geschrieben, wird aber nicht bewiesen durch die reime *kêres : mêres* 6 : *lêres* 30, *suges : muges* C 4, Weinh. § 368.

3. sg. praes. ind. ohne synkope erweist der reim *heldet : geveldet* 74, Weinh. § 368.

2. pl. praes. ind. auf *-en* beweisen die reime *vurgezzen : besezzen* 25, *vreuwen : stewen* (inf.) 43, *barn : bewarn* (inf.) 10, Weinh. § 369. daneben erweist die endung *-et mûset : hûset* (3. sg.) 100.

3. pl. praes. ind. auf *-en* bezeugen die reime *varn : bewarn* (inf.) 10, *vurlougen : ougen* 10, *affen : pfaffen* 29, *veisen : weisen* 40, *lâzen : vurwâzen* 50, *phlihten : wihten* 82, *leben : geben* (inf.) 87, *hân : stân* (inf.) 101, *bilden : milden : wilden* (inf.) C 17, *wenken : gedenken* C 18; Weinh. § 369.

2. sg. praet. ind. auf *-es(t)* belegt *suges : muges* C 4, Weinh. § 374 (aber *getete : unstête* 20).

o für mhd. *u* im pl. praet. des stv. der u-reihe bezeugt *vurlorn : dorn* 71; Weinh. § 355.

schwaches praet. gegen allg. mhd. gebrauch steht *vleischte : gevreischte* C 8; *spîte : wîte* W 362.

ist erweist *ist : bist : list* C 8; Weinh. § 364.

sekundäres *d* im flectierten inf. beweisen *lebende* (part.) : *zu gebende* C 10, *gânde* (part.) : *zu stânde* 103. im versinnern *lebende* 103.2, Lübben § 64. Weinh. § 372.

u für *o* im part. praet. des stv. der liquidalgruppenreihe wird erwiesen durch den reim *hulden : schulden : vurgulden* 90. im versinnern *gehulfen* 26.4; Weinh. § 350.

part. praet. der swv. mit und ohne synkope stehen nebeneinander im reim *erkennet : genennet* 24. C 11, *erkant : uberwant* 60 : *gesant* C 23, *genant : lant* 67, *gewant : bekant : mant : rant* 98.

r. Wortschatz.

smitte W 360 erscheint hd. als *smitze* stswf. = hieb, streich; nd. *smitte, smette* f. m. = angeworfener schmutzfleck, übh. schmutz auch in moralischem sinne passt allein für unsere stelle. ihr vergleichen sich genau Pass. Chr. 137 *in dem döpsel werde wy gereynyget van allen smitten der sunde*; Lüb. gebetb. (1485) *sunder alle smitte*, Schaekspel (1489) *lasters smytten*.

gart 28.2.8 = gerte, hd. *gart* stm. = stachel, treibstecken; mnd. *gart, garde* f. = gerte, zweig (28.8 *si blüende gart*).

blas 41.3, 95.5 = brennende kerze, fackel ist ein spez. nd. wort. (Frauenlob hat es 234.4).

swippersweif C 12 = schwalbenschwanz ist nd.

snatersnake 52.3: mnd. *snack* m. = gerede, gewäsch, *snacker* m. = schwätzer (Weigand II 610 führt an : nd. *snake* = lustiges gerede, aber auch *der snake* = mensch von lustigen einfällen).

Havekesburc 66.10 ist die richtige nd. form des namens.

kunster 73.5 ist ein md. nd. wort.

scheideltranc 75.8; mhd. findet sich von ähnlichen comp. nur *scheidelsame* Troj. 1274 (*schaidsame* Lieders. II 157. 22), *scheidelsât* Troj. 1372; im mnd. sind sie zahlreich (*schedelberch, -bôm, -glas, -jar, -kanne, -stên, -want* neben *schedesherre, -man, -vrunt, schedebôk*).

kabel 90.1 ist ein nd. wort, im 16. jh. ins hd. gekommen.

rerne (: *gerne*) 55.7 ist nd. form, vgl. Bartsch zu Crane 4205.

besippe 97.14 ist md. nd.

brechen unde büzen 10.1 ist nur aus nd. sprachgebrauch zu erklären: *breken* = verbrechen, straffällig sein nd. ganz gewöhnlich zb. Korners chron. 65ª *Id ruwet my vil sere, dat irk so sere jegen god und syne vrundes ghebrocken hebbe.*

der bûzen schône 42.7 : *schônen* = sparen, unterlassen ist hd. selten, nd. ganz gewöhnlich.

sich vermûten 56.4 ist nd. ausdruck: *sik vormoden* = vermuten c. gen. der sache.

swen din wille dich verkrieget in unvlête 78.11: mhd. *verkriegen* nach Lexer = durch kriegführung verbrauchen passt nicht; mnd. *vorkrigen* = 1) erhalten 2) überstreiten, überwinden. die letzte bedeutung allein passt.

die giengen im zu mûze 41.4 erklärt nur nd. sprachgebrauch: *to mote gân* = entgegengehen. wir haben hier die lautgesetzlich richtige hd. form; dass sonst mhd. nur *muote* erscheint (aber nur in dem sinne von begegnung im kampfe)*) erklärt leicht der bes. character und die provenienz dieses wortes als eines kunstausdrucks der rittersprache (vgl. Benecke zu Iw. 5331).

dursten ist nach nd. art mit dem dat. construiert: W 361 *ym dorste* (J. falls hier nicht, wie häufig, einf. verwechslung von dat. und acc. seitens des schreibers von J anzunehmen).

auch ein syntaktischer gebrauch weist vielleicht nach dem norden; ich meine constructionen wie *dar ich dich offe want* C 4.6, *dâ er den valschen rât mit worten ûz gelenket* 50.4, *dâ bin ich von gescheiden* 94.6, *daz dâ niht ende ist an gezalt* 95.6, *dâ vrou êre hât ir bruste mit bedecket* 96.3, *der mac des winters vil lutzel mite irwerben* 45.7. —

diese betrachtungen über R.s sprache lassen ihn also als einen mann erscheinen, der auf nd. sprachgebiete zu hause, in den angrenzenden ostmd. gegenden hd. gelernt hat und diese sprache für seine dichtungen verwendet, nicht ohne dass allenthalben erinnerungen an die heimische mundart durchschimmern.

---
*) dass die Braunschw. Reimchron. (D. Chron. II 459 fg.) 686. 1668. 1789 *zo mûze* in diesem sinne aufweist, will nichts besagen in einem denkmal, in dem viele formen künstliche und häufig genug unglückliche umschreibung ins hd. erfahren haben.

IV. Stil.

die diction R.s ist einfach, oft lässig und trägt durchaus das gepräge volkstümlicher redeweise. selten erhebt er sich über den glatten erzählenden oder moralisierenden ton zu einigem poetischen schwunge. lebhafter wird er nur, wenn er mit entrüstung gegen die sozialen schäden seiner zeit oder gegen missliebige personen sich ereifert, freilich nicht ohne hier öfter in das entgegengesetzte extrem derben schimpfens zu verfallen.

der bilderschmuck, der, wie von selbst sich einstellend, die dichterische rede von der prosaischen unterscheidet, fehlt ihm fast ganz. wo sich ihm wirklich etwas unter einem bilde darstellt, verfehlt er nicht, dasselbe durch den ganzen spruch auszuführen und nach allen seiten auszudeuten. die religiösen, besonders die Mariensprüche, kleidet die reichliche verwendung der landläufigen geistlichen symbole in ein etwas bunteres, freilich erborgtes gewand.

von allen stilmitteln poetischer diction verwendet er nur die rhetorische frage in ausgedehnterem masse zu lebendigerer gestaltung seiner rede (W 361.1, C 1.5, C 10.13, C 12.9, 35.3, 57.2, 83.11, 88.9, 90.11), gerne auch so, dass er sich rätselartig eine frage vorlegt, um sie ausführlich zu beantworten: *welh ist der stein? daz ist der got* usw. C 15.3, *welh ist din wâc? daz ist der sin* 36.1, *der sláf ist niht sô vollen alt alsô der man, wie ist daz gestalt? der man was ê* S 6.7, *trôsten sie mich trûwelîchen wol mit helfe? nein* 70.3.

die bei den späteren spruchdichtern — nicht gerade zum vorteil der klarheit ihrer rede — so beliebte häufung desselben wortes oder von wörtern desselben stammes findet sich auch bei R. häufig angebracht, so *wunder* und seine ableitungen in C 8 10mal C 11.4 6mal, *reht* in 15 12mal, *valsch* in 50 7mal, *minne* in C 22 und 60 je 10mal, *kunst* 12 mal, *gût* 5mal in 73, *gnâde* 4mal in 88.15 fg., *gelucke* 3mal in 89.13 fg. gerne werden subst. und verb. von demselben stamme nebeneinander gestellt: *aller liste list vurliste*

C 8.13, *nû ist sîn kunst vurkunstet* 36.7, *sô sich got reine in menschen vleisch gevleischte* C 8.14, oder subst. und adj.: *daz wundtrliche wunder* C 11.2, *mordlich mort* 102.7, *in gotes gewalt gewaldic* C 2.8, oder verb. und adv.: *sunderlich besunder ûzgesundert* C 8.4.

dass öfter mehrere gen. von einander abhängig gemacht sind, gibt der rede einen schwülstigen anstrich, zb. *gotes muter kraft* C 3.1, *aller gûte voller vlûte vlôz* 68.1, *gotes herzen griez* 68.2, *aller wisheit meisterschaft orkunde* 74.10, *in valsches mannes herzen hûs* 100.2.

polysyndeton und asyndeton finden sich mehr nach vers- und reimerfordernis angewandt als nach rhetorischen rücksichten. auffälligere beispiele von polys. sind: *ich leit an henden unde an vüzen ungemach unde in der siten* C 5.9, *singen unde sagen unde lachen* 54.1, *der keiser unde herzoge unde ein bischof was* 64.3, *swer tûsent marce roubet unde mordet unde stilt* 82.15. weit häufiger ist asyndetische anknüpfung, selbst bei nur 2 gliedern (*ir gûte, ir minne* C 3.3, *klê, gras* C 17.5, *den alden tôren, richen lugenêren* 14.7, *ir gewalt, ir unreht* 15.7, *in mildem mûte, in richer vreuden schalle* 40.3, *vride, gût geleite* 40.4, *dû eine meister, schepher bist* 80.4, *dû volle gruft der gnâden, aller gûte* 97.3, *sie ist ungesunt, von reinicheit gescheiden* 12.7, *got herre almehtic, vurbedehtic aller meisterschaft* 80.1, *vursmât, von allen gnâden vreudelôs gescheiden* 104.7, wo der zweite ausdruck meist zum ersten als epische variation oder genauere bestimmung hinzu tritt), häufig bei mehr gliedern, besonders bei hastig eifernder aufzählung wie *vische, vogele, worme, tier mit lûten* 6.6, *swebel, bech, vûr* 6.19, *vurrêter, diebe, rouber, morder lob* 57.3, *alle kuninge, vursten, herren, ritter, knaben, knehte, juden, heiden, kristen, alle phaffen unde leien, landgebûr, al menschen diet nû helfet* 77.1, *daz diebe rouber, morder sind, vurrêter, trieger, valsche wücherêre, sô vil der ungetrûwen kint* 82.9, *die bitter, vûlen, sûren, bösen, kargen, êrenblôzen* 47.5, oder in kurzen parallelsätzen: *Maria kan, sie muz, sie mac, sie sol, sie wil* C 3.4

parenthesen unterbrechen häufiger den fluss der erzählung (49.5 72.4 86.11 98.2), oft ungeschickt wie: *ob niht die gote sunde rêchen, wiste ich daz, ob nimmer mensche* 12.5,

oft als flickverse mit einem: *prüfet alle* 41.9, *gedenkt daran* 51.8, *daz spreche ich sicherlîche* 67.10, *daz merke, swer dâ welle* 71.11 der stockenden, reimsuchenden rede aufhelfend.

über den anaphorischen parallelismus bei R. hat Roethe, R. v. Zweter s. 308 ausführlich gehandelt. R. hat ihn sehr häufig verwendet, freilich auch hier seine wenig praecise, formlose art nicht verleugnend.

das satzgefüge ist sehr lose und wenig sorgfältig. die sätze sind häufig genug einfach parataktisch nebeneinander gereiht ohne bezeichnung ihrer logischen beziehung. das steigert sich nicht selten zum anakoluth: *des armen menschen hôchvart, ders niht wol rurmac, der lidet in der werlde manigen swêren tac* 14.8, *wêre ich in kunsten wîse alsô Plâtô was .. unde ein Socrates, die wisen, Virgilius kunst, .. Beda, hete ich al ir kunste site, dennoch sô enkunde ich* 23.1, *die herren, die sich mit dem weiner hân alsô rurcinet, dâ vlie min sanc* 54.7, *der uber alle rîchheit ist gewaldic unt wir sîn gnâde niht sô manicvaldic, sô müste wir* 98.1, *mit einem rursten der dâ lôset unse phant den gernden unde maniger hande gaste* 24.5. auch in 60.10 *maget Mâriâ, du minne in hôhem prîse, den starken got des uberwant* wird man nach diesen proben nicht das *dû* in *dîn* ändern dürfen. das 2. relativpron. fehlt 63.1 *ein man dem êre ist angeborn unde êre hât, der lâze.*

für constructio ἀπὸ κοινοῦ ist ein deutliches beispiel *dennoch sô enkunde ich nimmer vollenprîsen des hôchgelobeten rursten lob al brehte ich niht* 23.6. nicht selten erinnert seine diction an die allitterationspoesie mit ihrer stetigen neuanknüpfung zu ununterbrochenem flusse der rede, vgl. 13.5 fg., 68.4 fg., 91.8 fg.

überaus häufig erscheint das subst. durch ein pron. vorausgenommen, und zwar sowohl subject (*daz sie dir wol behagete die müter* C 7.15, *swen er nû kumet unde grîft in bî der hant der wîse wirt* 13.5, ebenso C 21.7, 24.7, 39.4, 71.10), wie object in jedem casus (*daz ir sîn niht vurgezzen des edelen rursten* 25.3, *got ist in sunderlîchen gram den alden tôren* 14.7, ebenso 88.9, 91.1, 94.13, *die trügenz noch vur gût in irme sinne gemischet valsch* 8.15) oder es wird umgekehrt das vorangehende subst. noch einmal durch ein pron.

aufgenommen wie: *der herren unt der ritter munt, die vrouwen ... die suln dich* 26.7. *die gar gelêrten leiebêren phaffen die singen* 29.1, ebenso 35.4, 36.6, 39.6, 58.1, 85.2, 85.14, 92.11, 96.13, C 12.5; nicht selten so, dass das subst. aus der construction heraus im nom. an die spitze des satzes gestellt wird: *alle zwîbelêre der vreude ist vurwâzen* C 18, *missinc unde kopfer der duz werket* 8.1, *der vil reine got . . nieman mê wan er ganz vollez lob alleine hât* 69.1, *val arges mûtes rich des gûtes valsche herren duz in sêlde untwiche* 83.1, *sorge unde leit des wurde uns vil geteilet* 98.6, *der himelvater alt den ummeslôz ein kleine brust* 99.7.

κατὰ σύνεσιν ist das collect. *diet* construiert: *die kranke diet von swacher art die kristenheit nû neisen* 39.5, *die valsche diet wollen mich vurleiten* 70.9, sowie das pron. in C 23.11 *wol im der ein vil reinez wîb erkiuset, dem mac sie an allen vreuden vromen.*

von der alliteration macht R. gewiss bewussten gebrauch in *ren ram rint rehte raten ruch* C 11.1, auffälliger auch *behalden in der helle habe* C 7.4, *tôt ist sin lîb, noch lebet sin lob* 88.3.

von den typischen wörtern des volksepos findet sich *recke* in ironischem sinne von den dänischen mördern 102.9 103.1, *helt* von dem räuber (*er klûger helt* 38.8), was wieder nur zeigt, dass diese wörter durch ihre veraltung und bes. verwendung eine gesteigerte bedeutung bekommen hatten. *helt* steht auch ernsthaft als ehrentitel für herzog Ludwig von Baiern 76.3 und herzog Albrecht von Braunschweig 88.1 (wie allgemein in den lobsprüchen, eine offenbar ziemlich farblose anrede; konnte doch Frauenlob Konrad von Würzburg als *helt* von Würzburg feiern, vgl. Roethe a. a. o. s. 287), ferner als anrede an den mit R. sich unterredenden freund *nein stêter vrunt, getriuer helt* 101.7, auch hier doch vielleicht mit leiser ironie von seite des welthellsichtigen dichters gegen den unerfahrenen idealen schwärmer.

die ironie ist R. auch sonst nicht fremd, so wenn er den Marner anredet *vil lieber Marner, vrunt* 37.1, wenn er mit bitterkeit das ansehen schildert, das räuber und mörder geniessen (38) oder die geschicklichkeit der Dänen im morden preist (102).

der volkstümliche character seiner dichtung zeigt sich auch in dem lebhaften verkehre mit dem publikum: *sêt dô begunde ez siner müde nâhen* C 6.6, *nû prübe kristenvolc* 12.10, *ein abentûr hievur geschach, nû merket waz ez diute* 41.1, *nû sêt daz wunder got vurmac* 66.1; vgl. 77.14, 84.15, 90.14, 92.8, 96.1.

personen werden gerne redend eingeführt und zwar stets in directer rede, wie ja die indirecte rede volkstümlicher weise durchaus widerstrebt; so Maria C 4.4, Christus C 5.2, 13.1, Cato 12.4, der wirt 13.8, usw. ein einleitendes *er (si) sprichet, sprach* und dgl. ist dabei nie vergessen. ganz vereinzelt steht das lebhafte zwiegespräch zwischen dem dichter und seinem freunde 101, dem durch den mangel jeglicher einführung von rede und gegenrede ein ganz dramatisches gepräge gegeben ist.

bei aller fahrlässigkeit des ausdrucks bekundet ein nachdenken über die sprache des dichters lebhafte neigung zu etymologisieren, die sich an namen (*Marner* 9.7, *Albreht* und *Brûneswich* 23, *Erich* 67, *Singof* 86, *Zabel* 96) nach einem auch sonst in der spruchdichtung geübten brauche so gut äussert wie an anderen wörtern (*vritac* 20.1, *herzoge* 64.6, *winaht* 99.1). hieher gehört auch das wortspiel 81.14 *der mine wâre mit sime valsche koufet*.

R.s sonst schon genug eigenartiger sprache gibt die grosse zahl der ihr eigentümlichen wörter ein spezifisches gepräge. es sind: *rurgûden* W 363.9, *winkelmâze* C 9.5, *winkelhaft* C 9.22, *irsigen* C 10.5, *gestopfel* C 11.9, *swippersweif* C 12.2, *erdvlûc* C 12.2, *quittel zwitter schorfen snarz* C 12.3, *durhlieht* C 19.4, *hamerklopfer* 8.3, *kunterfeiter* 8.17, *ougensihtic* 9.4, *barn* 10.22, *wunderschouwe* 27.4, *leiebêre* 29.1, *wânprophete* 29.11, *vurkunsten* 36.7, *ipocrite* 42.6, *unvurschuldes* 43.2, *snatersnake* 52.3, *äschaffen* 52.3, *irweinen* = durch weinen erlangen 55.4.5, *wankelsam* 58.5, *irbarmen* 65.6, *gruntnidec* 70.6, *heilschif* 70.6, *nahtbehalde* 71.4, *scheideltranc* 75.7, *turblouwen* 76.9, *allieren* 86.4, *gewirdec* 93.12, *zabeltier* 96.1, *heilvurtrîb* 104.8, *bekurn* S. 5.1, *ofgedrouwen* Frl. 158.19.

V. Metrik.

die sprüche R.s sind in 12 verschiedenen tönen verfasst, sämmtlich in J und daher (mit einer ausnahme) mit ihren noten überliefert. die melodien sind armselig dürftig, von höchster nüchternheit. dazu kommen noch die töne der 3 nur in C überlieferten lieder.

ich gebe im nachstehenden die schemen der einzelnen töne in der reihenfolge von J.

I umfasst J 1—11 (darunter W 360—363, C 8—10).

$$\left.\begin{array}{l} 3\smile a \mid 2\smile b = 5\smile \\ 4\smile a \mid 3\smile b = 7\smile \\ 3\smile c \mid 3 d = 6 \end{array}\right\}$$

$$\left.\begin{array}{l} 3\smile e \mid 2\smile f = 5\smile \\ 4\smile e \mid 3\smile f = 7\smile \\ 3\smile c \mid 3 d = 6 \end{array}\right\}$$

$$\left.\begin{array}{l} \smile 5\smile g = 5\smile \\ \smile 5\smile h = 5\smile \\ \smile 5\smile g = 5\smile \\ \smile 5\smile h = 5\smile \\ 3\smile i \mid 2\smile k = 5\smile \\ 4\smile i \mid 3\smile k = 7\smile \\ 3\smile c \mid 3 d = 6 \end{array}\right\}$$

der stollen mit seiner melodie wiederholt sich genau im abgesang. v. 1. 2 und 3. 4 des abgesanges haben die gleiche melodie.

in J 10 ist die reimstellung im letzten verse des abgesanges $3\smile g \mid 3 d$.

II umfasst J 12—26 (darunter C 1—5).

$$\left.\begin{array}{l}\smile 6\ \text{a}\\ \smile 6\ \text{a}\\ \smile 5\smile \text{b}\end{array}\right\}$$

$$\left.\begin{array}{l}\smile 6\ \text{c}\\ \smile 6\ \text{c}\\ \smile 5\smile \text{b}\end{array}\right\}$$

$$\smile 4\quad \smile 5\smile \text{d}$$
$$\left.\begin{array}{l}\smile 6\ \text{e}\\ \smile 6\ \text{e}\\ \smile 5\smile \text{d}\end{array}\right\}$$

der stollen mit seiner melodie kehrt im abgesange wieder. die melodie der 1. zeile des abgesangs ist die der stollen von der 2. senkung ihres 2. verses an.

III umfasst J 27—31.

$$\left.\begin{array}{l}\smile 5\smile \text{a}\\ \smile 4\ \text{b}\\ \smile 3\smile \text{c}\end{array}\right\}$$

$$\left.\begin{array}{l}\smile 5\smile \text{a}\\ \smile 4\ \text{b}\\ \smile 3\smile \text{c}\end{array}\right\}$$

$$\begin{array}{l}\smile 4\ \text{d}\\ \smile 5\smile \text{e}\end{array}$$
$$\left.\begin{array}{l}\smile 5\smile \text{a}\\ \smile 4\ \text{d}\\ \smile 3\smile \text{e}\end{array}\right\}$$

die melodie der stollen kehrt im abgesange wieder. die schlusscadenz im 2. v. des abgesanges (die 2 letzten versfüsse umfassend) ist dieselbe wie im letzten verse der stollen.

IV umfasst J 32—59 (darunter C 11—16).

⏑ 7 ⏑ a ⎫
⏑ 6 ⏑ b ⎭ *

⏑ 7 ⏑ a ⎫
⏑ 6 ⏑ b ⎭ *

⏑ 7 ⏑ c ⎫
⏑ 2   d ⎭

⏑ 7 ⏑ c ⎫
⏑ 2 ⏑ d ⎭

⏑ 6 ⏑ e
⏑ 6 ⏑ e *

vers 1. 2 und 3. 4 des abgesanges haben die gleiche melodie (mit geringer verschiedenheit der schlusscadenz). der 2. vers der stollen ist am schlusse des abgesanges 2 mal wiederholt, aber nur der letzte vers des abgesanges hat die gleiche melodie mit dem letzten verse der stollen. — in 38 fehlt in vers 5. 7. 9. 10. der auftakt; in 49.9, 55.2, 58.7, 59.1, wo die hs.liche überlieferung keinen auftakt zeigt, ist er durch geringe conjectur leicht zu ergänzen.

V umfasst J 60—67 (darunter C 6. 7).

⏑ 4   a ⎫
⏑ 6   a ⎬
⏑ 5 ⏑ b ⎭ *

⏑ 4   c ⎫
⏑ 6   c ⎬
⏑ 5 ⏑ b ⎭ *

⏑ 4   d
⏑ 5 ⏑ e *

⏑ 4   d
⏑ 5 ⏑ e

⏑ 4   f
⏑ 6   f
⏑ 5 ⏑ e *

der letzte vers der stollen und der 2. und letzte vers des abgesanges haben die gleiche melodie. die melodie des 1. 2. verses der stollen ist im 5. 6 vers des abgesanges geändert,

nur die schlusscadenz des 2. verses der stollen ist gleich der des 6. verses des abgesanges. in 60.5, 66.5 fehlt der auftakt
VI erscheint in 2 gestalten:

α) umfasst J 68—70 [79]

$$\left.\begin{array}{l}2\smile a\mid 2\smile a\mid 3\smile b=7\smile\\7\smile c\qquad\qquad\qquad=7\smile\\7d\qquad\qquad\qquad=7\end{array}\right\}$$

$$\left.\begin{array}{l}2\smile e\mid 2\smile e\mid 3\smile b=7\smile\\7\smile c\qquad\qquad\qquad=7\smile\\7d\qquad\qquad\qquad=7\end{array}\right\}$$

$$\begin{array}{ll}\smile 4\smile f & =4\smile\\5\smile g & =5\smile\\\smile 4\smile f & =4\smile\\5\smile g & =5\smile\\7\smile g & =7\smile\\7\smile g & =7\smile\\3\smile g\mid 4d & =7\end{array}$$

die melodie der stollen kehrt im abgesange wieder. vers 1 und 3 des abgesanges haben die gleiche melodie.

β) umfasst J 71—80. es fehlen die innenreime in den stollen, so dass sich folgendes schema ergiebt:

$$\left.\begin{array}{l}7\smile a\\7\smile b\\7c\end{array}\right\}$$

$$\left.\begin{array}{l}7\smile a\\7\smile b\\7c\end{array}\right\}$$

$$\begin{array}{l}\smile 4\smile d\\5\smile e\\\smile 4\smile d\\5\smile e\\7\smile e\\7\smile e\\3\smile e\mid 4\,c\end{array}$$

bemerkenswert ist die grosse freiheit, mit der hier der auftakt gehandhabt wird. er steht gegen das schema 71.10.11.12, 73.12, 75.5.6.11.12, 76.1—6.11.12, 77.2.4 5.6.11.12.

VII umfasst ♩ 80—84.

```
⌣2⌣a  |  2⌣a | 5⌣b = 9⌣ ⎫
⌣4  c  | ⌣5  d |     = 9  ⎬ ••
─────────────────────────
⌣2⌣e  |  2⌣e | 5⌣b = 9⌣ ⎫
⌣4  c  | ⌣5  d      = 9  ⎬ ••
─────────────────────────
⌣4  f•  | ⌣5⌣g      = 9⌣
⌣4  f•              = 4
⌣4      | ⌣5⌣g      = 9⌣
⌣7  h               = 7
⌣4      | ⌣5⌣h      = 9⌣ ••
```

die melodie des 2. verses der stollen kehrt im letzten verse des abgesanges wieder. der 1. teil von vers 1 des abgesanges und vers 2 des abgesanges haben die gleiche melodie, vers 1, 2. teil und vers 3, 2. teil des abgesanges die gleiche schlusscadenz.

VIII umfasst ♩ 85—96.

```
⌣4 a  | ⌣4  a = 8  ⎫ ••
⌣4 b• | ⌣3⌣c = 7⌣ ⎬ •••
────────────────────
⌣4 d  | ⌣4  d = 8  ⎫ ••
⌣4 b• | ⌣3⌣c = 7⌣ ⎬ •••
────────────────────
⌣4 e  | ⌣3⌣f = 7⌣ •••
⌣4 e  | ⌣5⌣f = 9⌣
⌣4 g  | ⌣4  g = 8   ••
⌣4 g•         = 4
⌣4 g  | ⌣5⌣f = 9⌣
```

bau und melodie von vers 1 der stollen kehrt in vers 3 des abgesanges, vers 2 der stollen in vers 1 des abgesanges wieder, überdies die 1. hälfte von vers 2 der stollen in vers 4 des abgesanges. die schlusscadenz ist in der 2. hälfte des 2. und des letzten verses des abgesanges gleich.

IX umfasst J 97—99.

```
‿5‿a
‿5‿a
‿5‿b
‿5‿c
‿5‿c
‿5‿b
─────
‿5‿d
‿2 e
‿5‿d
‿2 e
‿3‿d
‿2 e
‿4 e
‿6 e
```

die notenlinien sind leer geblieben, so dass man über die zusammenfassung der einzelnen verse im unklaren bleibt.

X umfasst J 100—104.

```
‿4 a ⎫
‿4 a ⎬
‿3‿b ⎭
‿4 c ⎫
‿4 c ⎬
‿3‿b ⎭
──────────────
‿4   | ‿5‿d
‿4 e ⎫
‿4 e ⎬
‿3‿d ⎭
```

die melodie der stollen kehrt im abgesange wieder.

das schema des tones meister Singofs, in dem R. 2 sprüche abfasste, ist:

$$\left.\begin{array}{l}\smile 4\ \text{a}\\ \smile 4\ \text{a}\\ \smile 3\smile \text{b}\end{array}\right\}$$

$$\left.\begin{array}{l}\smile 4\ \text{a}\\ \smile 4\ \text{a}\\ \smile 3\smile \text{b}\end{array}\right\}$$

$$\begin{array}{l}\smile 2\ \text{c}\ |\ \smile 2\ \text{d} = 4\\ \left.\begin{array}{l}\smile 4\ \text{d}\\ \smile 4\ \text{e}\\ \smile 3\smile \text{f}\end{array}\right\}\\ \smile 4\ \text{e}\\ \smile 3\smile \text{f}\\ \smile 4\ \text{c}\end{array}$$

der bau der stollen kehrt inmitten des abgesanges wieder, nicht aber ihre melodie.

ein oder zwei sprüche R.s (Frl. 158. 163) sind in Frauenlobs langem tone abgefasst.

das 1. lied umfasst C 17—19.

$$\begin{array}{ll}3\smile\text{a}\ |\ 3\smile\text{b} & =6\smile\\ 3\smile\text{c}\ |\ 3\ \ \text{d} & =6\end{array}$$

$$\begin{array}{ll}3\smile\text{c}\ |\ 3\smile\text{a} & =6\smile\\ 3\smile\text{b}\ |\ 3\ \ \text{d} & =6\end{array}$$

$$\begin{array}{ll}2\smile\text{e}\ |\ 3\smile\text{e}\ |\ 2\smile\text{f}=7\smile\\ 7\smile\text{f} & =7\smile\\ 4\ \ \text{g}\ |\ 4\ \ \text{g} & =8\\ 3\smile\text{f} & =3\smile\end{array}$$

das 2. lied = C 20—22.

$$\begin{array}{ll}4\ \ \text{a}\ |\ 3\smile\text{b}=7\smile\\ 4\ \ \text{c}\ |\ 3\ \ \text{c}=7\end{array}$$

$$\begin{array}{ll}\smile 4\ \ \text{a}\ |\ 3\smile\text{b}=7\smile\\ 4\ \ \text{c}\ |\ 3\ \ \text{c}=7\end{array}$$

$$\begin{array}{ll}7\smile\text{d} & =7\smile\\ \smile 7\smile\text{d} & =7\smile\\ 4\ \ \text{e}\ |\ 3\ \ \text{e}=7\end{array}$$

3. lied = C 23—25.

```
2 a | 2 a | 3 ⌣ b = 7 ⌣
7 c             = 7
2 d | 2 d | 3 ⌣ b = 7 ⌣
7 c             = 7
4 e | 4 e | ⌣ 1 ⌣ f = 9 ⌣
7 ⌣ f           = 7 ⌣
7 c             = 7
```

in den beiden letzten tönen zeigt sich wieder die beliebte wiederaufnahme der stollen im abgesange nur mit weglassung der innenreime in der 1. verszeile.

die versmessung ist wenig sorgfältig; von allen erdenklichen freiheiten ist reichlich gebrauch gemacht.

z w e i s i l b i g e s e n k u n g ist sehr häufig. verschleifung auf der hebung findet sich in c. 80 fällen; dass gewisse consonanten ihr einen widerstand entgegensetzten, lässt sich nicht beobachten. stets verschleift sind *kuninc*, *maget* (auch im auftakt 60.10, 99.12) und *manic* (9.9 ist wohl zu ändern). verschleifung auf der senkung findet sich in c. 30 fällen, in e i n e m worte sowohl, wie auch bei getrennten wörtern, auch bei consonantischem auslaute des ersten und vokalischem anlaute des zweiten wortes (zb. *wolde den* 71.4, *wile der* 90.9, *müze dem* 94.9).

s y n k o p e steht im reime (abgesehen von formen wie *erkant* und dgl.). nur S 5 *niht : getiht*. im versinnern ist sie teils in der hs.lichen schreibung bereits angedeutet wie *gnâde* 3.18 u. ö., *gnêdec* 55.10, *gnêdecliche* W 360.20, *gnâde* (verb.) 88.1, *blîbet* C 15.9, 35.10, 55.4, 85.14, 90.10, *sîne* 25.5, 81.14, *einne* 13.2, 74.8, *jenz* 69.2, *tensche* 77.7 11, *eins* 93.12, 95.12, teils anzusetzen: *swelhen* C 4.3, *îsnin* C 13.6, *rehts* 10.19, *spricht* 12.2, 13.8, *grift* 13.5, *hôhste* 15.9, 102.5, *sulhen* 20.8, *geruden* 24.6 u. ö., *römschen* 24.8, *blûnde* 28.8, *dûtsch* 36.5.9, 37.1, *alrêrst* 50.2, *gedenkt* 51.8, *zurnt* 63.13, *gneiget* 68.8, *krists* 69.11, im auftakt: *welh* 34.3, 36.1, *swelh* 77.11, 95.14.

a p o k o p e erscheint im reim *zuht : fruht : fuht* C 22, *han : daran* 51.6, *kin : sin* 52, *last : vast* 90 (*wis : is* 90 : *pris* 102). sie beseitigt die zweisilbige senkung: *wêr niht bôser dinc so enwêr niht* C 1.3, *ân zal*

C 1.10, *darum hât* C 5.10, *leit sich* C 6.7, *rûch* (imp.) C 11.1, *gût* n. pl. m. C 22.10, *wên* 29.6, *abentûr* 41.1, *ich gêb dir* 59.7, *biht* 78.12, (*werlt* d. sg. 92.13), *woll wir* 95.14, *wêr* 98.2, im auftakt: *ûn* 44.8, *kum* (cj.) 66.13, *wîr* 82.10, 83.5; *unde* ist 28 mal apokopiert. die wörter auf *-aere* sind unverkürzt gebraucht im reim: *wunderêre : wunderbére* C 8, *zwibelére : swére* C 18, *lugenére : unmére* 31, *lugenéren : swéren* 14, *wücherére : mére* 82 (aber *marner : warner* 9 [*Marnére : lére* Meissner MSH III 91ᵃ 18] und *dinger : vinger* 86), sonst verkürzt: *sunder* C 2.8. C 3.5. C 4.3.6. C 5.7, auch im vorletzten fusse: C 1.9 C 4.9, *jeger* C 6.2.12, *kunterfeiter* 8.17, *löser* 10.13, *mulner* 35.2.9, *wücherer* 42.3, *zwibeler* 63.11, *kunster* 73.5.11, *schepher* 80.4, *rouber* 82.11, *morder* 82.11, *vurréter* 82.11, *trieger* 82.11, *heller* 84.11, *berner* 84.11, *Missner* 87.3.

elision von der hebung zur senkung wie von der senkung zur hebung ist häufig, ebenso synaloephe.

inclination findet sich bei *ez, es, en* : *undz* W 361.20, *erz* C 10.19, *trügenz* 8.15, *manz* 15.8 44.9, *ichz* 76.9, *woldenz* 82.10, *wirz* 98.5, *kunnenz* 102.4, *ders* 14.8, *ern* 56.9; im auftakt: *wirn* C 2.4, *ichn* 53.10, 76.1, 92.6, 95.15, *ern* 56.10, *dern* 89.12.

proklitisch wird *ze* gebraucht: *zwire* 44.9, *zallen* 10.8, 51.1, 83.1, 70.10, *zeime* 13.2, 49.2, 74.8.

krasis findet sich C 19.8 *deist* (wo freilich auch anders gelesen werden kann, s. textkritik).

die senkung bleibt zweisilbig in: *átem in* W 362.14, *wázzer in di'sen* W 363.13 (nach der vorzuziehenden lesart von J; *wázzer i'n den* C), *sünden unrei'nicheit* 12.10 (*sundn?*), *nabugodónosór* C 13.1 (*nabugodónosór?*), *sýllaben* 37.3, *erbármen dir* 65.6, *ádele ist* 73.14, *hérzogen* 76.10, *Wérzeburc* 87.9, *Riddagesdorf* 96.9, *gná'den unde* 97.3 (wo *unde* füglich auch gestrichen werden kann).

hiatus wird weder wenn der erste vokal ein voller ist wie: *sím die érde* W 360.8, S 6.8, *dô' er* W 362.15, 22.7.10, 49.5, 64.4.7, 67.2, *dô ich* C 5.4, *dié er* C 1.9, 65.11, 84.8, *sô ist* C 14.3, *sie ist* C 14.7, *wie er* 37.5, 67.6, 98.9, *bî im* 58.10, *zu Ake* 66.6, *tû im* 68.6, *die álle* 69.7, *vrou é're* 76.13, 96.3.14, *dú áller hérste* 80.6, *die éngele* 85.14, *wi'ltu im* 87.6, *sô' er* 95.11, *zwei édele* 96.1, *dá' er* 99.3, *dú ir* 101.9, *ie of* S 6.9, *dô Adam*

S 6.9, noch wenn er ein geschwächtes e ist (vgl. Haupt zu Engelh. 716) vermieden: *lá'ze ér* 22.8, *wí'se álsô* 23.1, *únde úffen* 58.9, *gedähte ér* 64.10, *kró'ne áller* 65.8, *wí'rde ér* 76.4, *barmúnge únd* 98.7, *ánegénge únde* 99.8.

die senkung fehlt im selben worte: *dér was mániges wárner* 9.9 (wo man nach Sievers vorschlag besser lesen wird *dér was mániges mánnes wárner*), *û'zwéndic* 83.8 (*ûzewéndic?*), *Mí'ssné're* 87.15 (*Mi'ssené're?*); zwischen zwei worten: *hérren brúst niht irli'de* 8.9 (bruste? mit überschiessendem *e*), *dés mán û gi'ht* C 20.12 (*dés man û' wol g.?*), *rô't wi'z schô'ne gemi'schét in blúte* C 19.5 hat vdH. wohl mit recht geändert in *rôt unt wiz vil schône gemischet in der blûte.*

verstösse gegen die wortbetonung sind häufig, sowohl im versanfang (*einbórner* C 7.5, *isní'n* C 13.6, *érí'ner* C 14.6, [*béstrout* C 23.7 ist vielleicht besser mit auftakt *bestrouwet* zu lesen], *driwíldec* 64.13, *schendlí'cher* 9.13, *dennóch* 12.7, 23.7, *zuhtmei'ster* 30.4, *áschíffen* 52.3, *hôchvárt* 86.17, *herzóge* 88.11, *diemü'ticlichen* 91.9, *rehté* 98.10), als auch im versinnern (*menschheit* W 360.16, *éri'n* C 13.7; *erdi'n* C 14.7, *wérli'chen* C 19.8, *barmúnge* 26.5, 68.5, 98.7, [*lá'tin* 36.9], *rrundli'chen* 43.1, *menschli'ch* 49.1, *antlitz* 52.7, *heilschif* 70.6, *érli'chen* 74.7, *mordli'chen* 77.6, *woldéns* 82.10), wie selbst im reim (*einhórn* C 6.2, *driwíldic* C 9.19, *wiblí'che* C 19.2, *abgründe* 42.1, *orsprúnge* 68.2, *wináhte* 99.1). — besonders häufig ist der verstoss gegen die natürliche betonung in eigennamen: *Lodewí'c* 24.10, *Herált* 56.1.8, *Haráldes* 56.4.10, *Eri'che* 67.3, *Albréht* 88.11, *Singóf* (86.9), S 6.1. die biblischen namen schwanken: *Jésus* C 15.3, 22.1, 51.7.10, 85.14: *Jesús* 13.1, 22.5, *Máriú* C 1.6, C 4.3, C 15.4, 99.13: *Marí'a* C 2.5, C 3.4, 28.10, 60.9, *Ádam* C 1.4, S 6.9: *Adá'm* 22.10, S 6.3, *Aaró'n* 27.10, *Jessé* 60.13, *Ebrú'n* S 5.1.

auch vers- und satzbetonung geraten nur zu häufig in unerfreulichen conflict.

die missachtung der versgrenze — überhaupt ein stehender zug an den hier weniger fein empfindenden md. spruchdichtern — ist bei R. aufs äusserste gestiegen; für härteste fälle des enjambements weist er zahllose beispiele auf.

die reime sind rein (bis auf *e* : *ë*, *a* : *â* vgl. s. 25). bemerkenswert ist der klingende reim *gábe* : *habe* 59 der einem niederdeutschen leicht entschlüpfen konnte (Lübben § 11). rührender reim steht 84 *valsch : ralsch. kunftec : kunftec* C 20, *verirret : verirret* C 25 sind jedenfalls zu ändern; bei *tribe : tribe* C 18 hat es vdH. bereits getan (*tribe : schibe*).

VI. Zur Textkritik.*)

W 360.16 lies mit J *dô wart menschheit im trûter unde zarter.*
    20 *genaedecliche*] l. mit J *gnêdicliche.*

W 361. 3 *in der pfifen*] *in den pf.* CJ.
    19 *in durste*] J *ym dorste* kann beibehalten werden, vgl. s. 33.
    21 *helle*] CJ; der reim verlangt *hellen* vgl. s. 30.

W 362.11 *krefteklich gemeret*] C; *kreftelichen meret* J dürfte das ursprünglichere sein.
    18 *heize*] C; *heizer* J ist vorzuziehen.

W 363. 5 der vers soll keinen auftakt haben, daher besser J *daz eyn roe spise.*
    9 *swer mich mit kunste vergiudet*] *wer mich mit kunste vergudet* C; l. mit J *swer mich des mit kunst vurgûdet.*

C 1.4 *gebrochen Gotes gebot*] J, *zebrochen g. g.* C; l. *brochen gotes bot.*

C 2.4 *wir waeren*] *wir ne weren* J; l. *wirn wêren.*
    7 *gewalt*] l. mit J *walt.*
    9 *geholfen*] C; aus J *gehulfet* ist *gehulfen* herzustellen.

C 3.7 *erbermekeit*] C; l. mit J *barmicheit.*

---

*) nicht bemerkt sind hier die allgemeinen durch die untersuchung über R.s sprache gebotenen veränderungen der laute und formen.

C 3.8 *über in ze klage*] *of in tzü klage* J ist der techn. ausdruck, vgl. Ssp. III 16.3. *Claget man uffe sie, sie muzen antwurten*, der v. Tröstbere MSH II 71ᵃ *ich klage ûf die saelderichen die mich twinget.*

9 *gerihte*] *rihte* CJ ist beizubehalten.

C 4.2 *collesuge*] C, l. mit J *vollensugen*.

C 5.6 *suche*] *sehe* C, *seges* J ist beizubehalten, Weinh. § 152. 224.

C 6.3 *getorste*] C, *kunde* J passt allein ins metrum.

C 7.7 *an den lip*] C, l. mit JW *in den lib*.

8 *der reinen meit*] C, l. mit JW *der süzen maget*.

C 8.12 *ümbe unt durch dinen list*] passt nicht ins versmass; l. mit J *umme durh din list*.

13 *mit listen*] C, *mit listen her* J, l. *mit list er*.

14 *vleisch vleischet*] *fleis fleiset* C; l. mit J *vleisch gevleischte : gevreischte*.

15 *mit listen*] C, l. mit J *mit list*.

C 9.16 ich verstehe den satz nur (falls man nicht ein sehr hartes anakoluth annehmen will, was nach den ausführungen von cap. IV freilich nicht ausgeschlossen), wenn man einsetzt *den wisen geist*. dann wird es sich empfehlen mit J zu lesen *gedenket* (danach starke interpunction, hinter *ûzen im* beistrich): *schenket*. C liest ganz verwirrt *der wise got den uns den vater schenke*.

C 10.4 *und in kerge*] C, l. mit J *der in k*.

5 *ersiget*] C, l. mit J *siget* da der vers keinen auftakt haben soll.

15 *es enruochent*] *Es rüchen* C, *sie ne ruchen* J; l. *si enrüchen*.

C 11.2 *meisterlichem orden*] l. mit CJW *meisterlicher o*. vgl. s. 30.

10 *rate*] l. mit J *rât*.

C 13.1 *sach in einem troume*] C; *gesach in syme troume* J ist vorzuziehen, vgl. Wizlav III 79b.

2 *von erden*] C, l. mit J *von der erden*.

4 *brust*] C, l. mit J *die brust*, da auftakt erfordert wird.

6 *isenin*| C; *ysin* J, l. *isnin*.

7 gibt J den ganz unanstössigen vers *die vüze erdyn und ysenyn daz bilde brack tzü male* vgl. Dan. 2.32.

10 *unt zebrach*| besser J *und altzü brach*.

C 14.5 *sinem mitten jare*] *sinen m. i.* C, l. mit J, *sinen mittel jaren : zwâren*.

C 16.7 *getriuwer herren ougenblikke*] C ist wiederholung aus v. 4; besser J *g. h. milden ougen*.

C 18.11 *trouwe cre*] l. *vrouwen ére*.

C 19. 8 *daz ist waerlichen*] l. entweder *deist wêrlichen* oder *daz ist wêrlich*.

C 20. 2 *sich vröuwet*] *froewet* C, l. *sich vreut*, da kein auftakt stehen soll.

6 *den ist daz künftic*] der rührende reim, das fehlen einer senkung und mangelnder sinn machen diesen vers unmöglich. MSH IV 683a. 4 will für *künftec gezünftec* lesen. besser vielleicht *den ist sigenunftec*.

C 22.9.10 l. *ich wil wunschen allez heil dem vil werden minner; die durh die minne schande lân, daz sint gût vursinner*.

C 23.1 *Do*] l. *Dâ*.

7 *bestrout*] C; *bestrouwet* mit auftakt?

8 *du*] l. *dô*.

C 25.5 ist *ûf* zu streichen.

12 *verirret*] dafür *verwirret* zu lesen schlägt Roethe a. a. o. s. 213 a. 269 vor, *gevirret* oder *gewirret* MSH III 731a.

J 8.15 *tragent ez*] J *trugen ez*, l. *trügenz*.

9.10 *nu hat in verlistet mortlich[e] todes vallen*] J *nu hat in vurlistet mortliche todes vallen* l. *nû hân in vurlistet mordlich tôdes vallen* vgl. Mart 11.48 *die in des tôdes vallen sint alhie beklemmet*.

10.17 sind 2 verse zu einem zusammengeschrieben und dann mit unrecht hinter dem vorletzten verse eine lücke angenommen, wobei vdH. die unregelmässigkeit irre geführt hat, dass der vorletzte vers hier mit v. 13. 15 reimt statt wie gewöhnlich mit v. 5. 11 (verbessert MSH IV 684 a. 12).

13.5 fehlt der auftakt l. *swenne er nû*.

20.5 l. mit J *sich irhûf*.

23.7 *volbracht' ich niht*] hiefür *al breht ich iht = etiamsi quid efficerem* zu lesen schlägt Bech vor Germ. XXIII. 145, weil es sich frage, ,ob man dem grammatisch zugeschnittenen stile R.s eine solche mehr der volkstümlichen rede zusagende satzfügung zutrauen darf'. dass man dies sehr wohl darf, werden die ausführungen über R.s stil gezeigt haben. aber vielleicht darf man *al breht ich niht* lesen (mit beibehaltung der constr. ἀπὸ κοινοῦ), falls man übh. ändern will.

24.7 *an alle(r) triuwe*] J *an alle trube*; l. *âne alle trübe*.

8 *an der kür*] l. mit J *an dem kur* vgl. s. 30.

25.3 *daz ir [sin] niht (sült) vergezzen*] ist ganz unnötige änderung des überlieferten *daz ir syn nicht vur gezzen* J.

27.8 *sin est' und ouch sin loub*] J *syn nest* ist viell. beizubehalten; Grimm wb. VII 624 ,nest ein kreisförmig gepflanzter, undurchdringlicher weidenbusch'.

35.1 *Des wazzers müchte lichte daz ein rat wol brechte kerren* das wasser, das ein rad brächte, möchte leicht rauschen oder ist zu lesen *brêche?*

3 *het er*] l. mit J *hât er.*

36.1 *welih*] *wellich* J, l. *welh.*

39.7 *diene lazen*] J, l. *die enlâzen.*

41.7 *war in*] *waz ym* J möchte ich beibehalten, da sonst die antwort des blinden nicht passt. nd. *dragen* auch = beitragen, verschlagen Lüb. Chron. II 396 *It si nu so edder anders dat dricht nicht grot;* vgl. ‚das trägt nichts aus', hier also ‚was ihm die fackel nützen sollte'. *tragen* tr. allerdgs. auch = führen Apoll. 8202 *diu strâze truoc in ouf ein palas,* Münst. Chr. 1. 173 *wege de an dat sloet O. drogen.*

43.5 *iu dicke gelsen*] l. mit J *úch dicke g.* vgl. Bech bei Lexer unter *gelsen.*

7 *bietet*] *beten* J, l. *bieten.*

9 *ich weiz daz ir iuch tuot ze mime schaden vröuwen*] ganz unnötige änderung von J *ich weiz wol daz ir uch tzû myme schoden vreuwen.*

47.5 nach *suren* fehlt *bôsen* J.

9 *lide[n]*] *lide* W, *liden* J fehlt der auftakt l. *mûz l.*

49.9 fehlt der auftakt, l. *swer ie* oder *swer sich wil helfen dem wil ich ouch helfe senden.*

10 *unde (ouch) mit henden*] l. mit J *unde mit den h.*

54.9 *so erken ich*] l. mit J *jô irkenne ich.*

55.2 fehlt der auftakt l. *wen ich weiz.*

57.1 *alle*] l. mit J *allen.*

9 *den guoten*] l. mit J *der gûten.*

58.7 *swer [den] toren*] unmöglich, weil so nur 6 füsse; l. *swer ie den t.*

59.10 *guotes*] l. mit J *gûte.*

63.13 *ungehobeten*] der gedankengang des spruches verlangt *gehobeten*, vgl. Meissn. 104^b 4 *ein erlöser schalc erschrecket, sô er hoeret loben die werden*, Helleviur III 34^b 5 *der ungetreue hazzet unde nîdet daz, daz man eins biderben mannes wol gedenket*, Renn. 6731 *Verschemte wip und boese wihte den ist leit und lobt man sie* (die tüchtigen); falls man R. kein *lobet man* zutraut, lässt sich dem verse leicht durch einschiebung eines *im* oder *ie* aufhelfen. — zu *unschuldic an aller edelen tât* = ohne anteil, ohne verdienst an a. e. t. vgl. Trist. 9847 *dû hâst dir selbem ûfgeleit eine tât unde eine manheit der dû mit alle unschuldic bist.*

64.3 *er daz allez vol[len]brahte*] *her daz allez vullenbrachte* J, l. *er allez daz volbrahte.*

65.2 *sunder abeganc*] l. mit J *sunden a.*

67.9 *mit êren*] für *mit* vermutet ansprechend *man* Müllenhoff, Nordalb. Stud. III. 98.

69.2 *noch daz noch daz*] l. mit J *noch diz noch daz.*

70.5 *zuo dem grunt*] l. mit J *zû der grunt.* vgl. s. 30.
 6 *hat*] l. *hête.*

74.4 *besinnet*] l. mit J *vursinnet.*

79.2 *swachen knehten*] *swachen knehte* J, l. *swachem knehte.*

80.14 *kristenlichem orden*] *kristenlicher o.* J kann bleiben.

82.1 fehlt der auftakt, l. mit J *swaz man gesprichet.*

84.9 *durch sine munze walsch*] der vers ist unmöglich, da ihm ein fuss fehlt. J *valsch.* der gedanke muss sein: seines schlechten gehaltes wegen hat er aber kein recht auf diesen titel eines fürsten. wenn es wahr ist, dass man die herren am reichtum erkennen soll. l. *nein er, durch sine munze valsch?*
 15 fehlt ein fuss, l. *als ich û wol bescheiden wil.*

85.9 *gedenke*] l. mit J *gedanke.*

86.3 *durchgründik*] l. mit J *durchgrundet*.

87.4 *wan da(z) er liset*] *wen du her leset* J, l. *wen dû : er liset*.

17 *wirt dan ein ringer kleiner*] *wirt kleyner dan eyn ringer* J zeigt deutlich, dass *dan ein ringer* gedankenlose wiederholung des schreibers aus 86.12 ist.

88.13 *nu han ich ofte gehoeret sagen*] ist unnötige änderung von J *nu han ich ofte hort gesaget* das allein der reim duldet; vgl. Gramm. IV 128, Rab. 779 *ich gehört bi minen ziten an buochen nie gelesen*. viell. ist hier auch an den gebrauch des part. bei *lâten*, *hêten* an stelle des inf. im nd. (Höfer Germ. XVIII. 308) zu erinnern.

98.1 ist *so* zu streichen.

99.14 *gebaere*] *geberes* J ist unanstössig.

100.7 *ümbe seht*] l. mit J *umme sên*.

7 *ir müget*] aus *mügent* J ist *mugen* herzustellen.

8 *verliesat*] l. mit J *vurliesen*.

103.2 *lebene*] l. mit J *lebende*, vgl. s. 31.

7 *die newizzen nicht*] l. mit J *die newizzen* (l. die *enwizzen*) *sich*.

7 *gernt*] aus J *gerent* ist *gern* herzustellen.

10 ist *an* zu streichen.

104.1 *pruebet*] aus *prûbent* J ist *prûben* herzustellen.

S 6.12 *Got der sünden bürde gewuok*] *got der sunden vurde gewût* J, l. *got der der sunden vurde gewût*. vgl. die anmerkg.

VII. Anmerkungen.

W 360.1. unter dem bilde eines ackermannes führt Christus vor Muskatblut 28 (Hätzl I 130): der pflug ist das kreuz, die *wide*, mit der er gebunden ist, die dornenkrone, die nägel darin die kreuznägel, die *scharc* das schwert, das Maria durchs herz gieng (!), das *sech* der speer des Longinus, die ackerpferde sind die evangelisten, der heil. geist der *menkneht*, die eggen die kirchenväter, die schnitter die jünger. vgl. Otfrid II. 4. 43 von Christus: *uns errent sine pluagi bi iaron io ginuagi*. auch der teufel erscheint als ackermann Renn. 15597 *Nit, valsch sint noch des tiuvels pfluoc mit den er hiute ze acker gêt* und ebenso der tod vgl. ZfdA. VII. 129.

6 vgl. Frl. 410.19 *din bluot wasch uns von sünden*, Kolm. CXXII. 49 *sit aller welte missetât von ir* (Maria) *wart abegewaschen*, Frl. 7.5 *din ougenreyen dich weschet ab*, Kolm. VI 346 *dô er uns mit dem bluote sîn wuosch von der helle unfrüete*, ebd. CLXXXI. 67 *wesch abe mir mine sünde mit dins oleies ünde*, Walth. 4.29 *mit sinem bluote er ab uns twuoc den ungefuoc den Even schulde uns brahte*; vgl. Rûmzl. 78. — das unsinnige *du bist der pusch der uns da wuosch* Hätzl 131.81 zeigt, wie ganz formelhaft verblasst diese geistlichen bilder waren.

21 der ausdruck stimmt zu den bildlichen darstellungen des jüngsten gerichts im mittelalter, in denen die verdammten regelmässig vom teufel mit einer kette umspannt werden; vgl. Kolm. VI. 372 *ouch friet vor des tiuvels stric ûz der helle*, ebd. VI. 489 *ich macht sie frie von des tievels banden*, ebd. VI. 593 *der helle bant ich abe vile*, ebd. VI. 614 *ich stoerc, ich brach der helle bant, ir rigel*, Stolle III 6ª 14 *mich grüset sére vor der helle banden*, Kolm. CI. 63 *si müczen in des tiuvels kloben*, Renn. 14403 *gevangen in des tiuvels striken*, Kolm. CII. 45 *er nam uns von des tiuvels röste*.

W 361.11 *steige unde velle* vgl. Frl. UFL 18.1 *wie die danc sehoene loene schenken ûz der armonien, die sich modeln, dries drien; wie die steige, velle schrien*, Frl. 367.10 *diu kunst* *mit list kan steige velle lêren* wo die *elevatio* und *depressio* gemeint (vgl. Burdach Reim. u. Walth. 181.); Trist. 7998 *si steigete unde valte die noten behendecliche.*

12 *trût* von sachen Mart. 210.79 *sô wirt der luft vil trüter durhsihtic unde lûter (triutelich* — lieblich Frl. 310.5 *wip reiner tugent ein triutelicher garte).*

C 1.1 das böse wird gerne als willkommene folie des guten hingestellt vgl. Kanzler II 391ᵃ 4, R. v. Zweter 255.10 *man sol den crumen bî dem bœsen erkennen.* der Teichner erklärt das boese von gott geschaffen als sporn zum guten vgl. Karajan, Dkschr. dr. Wiener Akad. VII. 111 und ähnlich derselbe ebd. anm. 131 *wæren niht die liute in witz, sô wist nieman wer wîse wær.*

C 2.8 vgl. R. v. Zweter 259.8 *unt wær der sunder niht gemacht sô wær din vröude kleine* u. anm.

C 3.4 vgl. Sonnenburg IV 85 *von der, ûz der, in der, mit der gezieret unt gekleit er sîne hôhen gotheit hât.* zu den von Zingerle angef. parallelstellen vergleiche man noch Meissn. 104ᵇ 5 *ich sol, ich wil unde ich muoz die biderben immer loben,* Marn. XV. 34 *der wil, der hât, der gît, der nimt: waz mac ich disen mæren tuon?*, Frl. 113.10 *muoz ich, tar ich ruofen,* Frl. Lied. I 4.7 *man mac, sol, swer wil, si schouwen,* Renn. 3065 *wer wil, wer mac, wer kan geschriben,* ebd. 12944 *wer kunde, wer wolde, wer solde schrîben.*

7 vgl. Freid. 35.10 *swie grôz si iemans missetât, got dannoch mêr genâden hât,* Marn. XIV. 142 *ich bin in sünden worden alt: der enkünde niht sô vil ûf mir gesin, diner übermde si noch mê.*

C 4.1 Maria als fürbitterin beim jüngsten gericht Sonnenbg. IV 11, Hinnenberger III 40ᵇ 8. 9; vgl. Wackernagel DKL II Einl. XIV fg.

C 6.9 das einhorn wird sonst als ein kleines tier dargestellt im Physiol. sowol (MSD LXXXII. 3.1 *daz ist einhurno un ist vile luzil,* Karajan Sprdkm. 78.7 *Er ist ein tier lutzil,* auch bei Konr. v. Megenberg 161.19 *ist ein klein tier, sam Isidorus spricht, gegen sîner grôzen kraft)* wie in der bildenden kunst; doch vgl. die zeugnisse bei Grässe, Beitr. zr. litt. u.

sage ds. mittela. s. 60 fg. — über die interessante weltliche anwendung dieses symbols vgl. Anz. ds. Germ. Mus. 1883 sp. 133 fg., dazu Hätzl. II 47.182.

C 7.1 dass man der späteren spruchdichtung gegenüber oft gerne in anwendung bringen möchte, was Gottfried der Wolframischen schreibweise zum vorwurfe macht Trist. 4682 *si mŭezen tiutaere mit ir maeren lâzen gân . . . sône hân wir ouch der muoze niht, daz wir die glôse suochen in den swarzen buochen* zeigt, wie sehr dieselbe unter dem einflusse Wolframs und seiner nachahmer vom schlage des dichters des j. Tit. stand. die *glôse* spielt bei diesen herren eine grosse rolle vgl. Roethe a. a. o. s. 332, dazu Kolm. LXII. 26 *und raetest dû die glôsen dri sô bist dû sinnes riche*, ebd. XI. 29 *alsô diu glôse bediutet*, ebd. XXVII. 5 *daz sagen uns die glôsen*. Georg Hager stellt es geradezu als die hauptaufgabe des meistergesanges hin, texte zu glossieren vgl. Götze im N. Laus. Mag. 53. s. 80. — *den text und nit die glos erraig vor allen dingen dem schöpfer sunderlingen mit lautter peicht und rew* Hätzl II 62.40 wäre eine beherzigenswerte mahnung für die spätere religiöse spruchdichtung gewesen.

2 vgl. Kolm. VI 432 *zwên unde vierzic mânôt gar beslozzen was der himel zwâr, zwei unde fünfzic hundert jâr sîlen aller muoter bar dar fuorn in jâmerquelle*, ebd. XL. 31 *fünftûsent jâr und dannoch mêr lâgens in unmuozen sêr*, Hätzl. I 129 *wol zwey und fünffzig hundert jar, die schrift sagt preter unda lag wir gevangen daz ist war.*

C 8.1 vgl. Sonnenbg. IV. 2 *dû zarter gotes gurte in dem got wunder wunders hât gewundert* u. Zingerles anm., dazu Heinzelin Minnel. 1103 *Ein wunderlichez wunder dunket mich besunder, mich dunket gar besunder ein wunderlichez wunder daz ir wünderlicher man* usw. — über *wunderaere* als attribut gottes vgl. Strauch zu Marn. XIV. 113.

7 Frl. 37.10 *mir tuot sünden schimel sam des schûmes rimel*, Frl. KL. 17.11 *dû beruder ast, din obz brach unsers jâmers schimel*, Ev. Nicod. 870 (Pfeiffer Übgsb. s. 15.) *Also worden die sele von deme alten schimele gewaschen*, Renn. 11519 *sünden schimel*, ebd. 20282 *der werlde schimel*.

21 Maria gottes *zunder* vgl. GSm. XXXIV. 13; weltlich

gewendet Frl. 145.2 *wip, îren schrin, dû zuhtêclicher zunder, lieht für allin wunder, diu got beschuof ûf erden hie.*

C 9.1 vgl. Frl. 134 *Jâ tuon ich als ein wercman, der sîn winkelmâz an underlâz ze sînen werken rihtet, ûz der ruoge tihtet die hoehe unt lenge, wît unt breit, sus ist er geschihtet; unt swenne er hât den winkel reht nâch sînem willen zirket, darnâch er denne wirket* usw. gott als *wercman* Marn. l. 14 *Ez hât diu starke gotes kraft mit wunderlîcher meisterschaft gezirket wol der sternen kreiz den sunnen und die mânen.* Herm. der Damen III 167 b *der die sterne zirken kunde.* Wartb. 111.9 *der hât gezirkelt beidiu naht und ouch den tac,* Frl. 303.5 *waz sol des himelzirkels snelles loufes* (wo der tierkreis gemeint ist). ebd. 287.10 *diu linie den zirkel nie verschriet daz wort ze dir, in dir, von dir.*

C 10.1 dass des kargen tod niemand beweine, wird oft von den spruchdichtern warnend hervorgehoben: Meissn. III 90b 12, B. Wernher III 18b 11, Gervelin III 38a 2, Dietmar d. Sezzer II 174b 4, Frl. 195. dass die klagen der hinterbliebenen dem abgeschiedenen im jenseits zur gnade verhelfen, führt Rûmzl. 88.13 als allgemeine anschauung an.

C 11.1 den namen des Johann v. Gristow versteckt unter einem rätsel Herm. d. Damen III 164b 10.

2 zu dieser wendung vgl. Strauch z. Marn. XI. 1.

7 vgl. Frl. 255.1 *Nû schamt iuch minnerorden, iur cluz der hât den hindergane.*

10 ähnliches plötzliches abbrechen Walth. 17.38 *frou Bôn — set libera nos a malo, amen!*

C 12.1 als die landläufigen typen des schlechten sängers gelten esel und kuckuck: Freid. 84.2, 139.19, 140.7, 142.7; R. v. Zweter 201.5; Kolm. CXL, 111; Hätzl II 58.31. Daneben auch ochse, wolf, frosch, pfau, rabe, gans, hahn, henne und eule vgl. Freid. 142.9 *die nahtegal dicke müet swâ ein esel od ohse lüet,* Boppe MSH II 384a 23 *waz sol der küeje lüejen, waz sol der rrösche schrien, der hennen gagzen?,* K. v. Megenberg 213.3 vom pfau *er hât ein graussam stimm,* Teichner bei Kar. anm. 131 *nahtegal und raben sanc hât gar ungelîchen klanc,* Freid. 142.17 *des raben stimme ich vlîhen wil, sîn âtem toedet rederspil,* j. Tit. Marienlob Zarncke 6.2 *hankrât nâch süezem gigen bî den werden stêt ze kleinem danke,* Renn. 9873

von den zechern *dennoch wollen sie wider trinken, biz nahtegaln, iulen, gouch und vinken geliche singen in ir óren*, Heinr. v. Müglin (ed. Müller) Fabeln III die gans, die sich als zeisig aufspielt. der rappe erscheint iron. als trefflicher sänger Kanzler II 398ᵇ 13, Kolm. XIV. 45. —

den loterritter vergleicht der schwalbe Meissn. III 109ᵇ 1 *nu merket baz der swalewen art, die sie ze stunden wiset: sie clinget hin unt schiuzt herwider ,du diep, du diep' sie schriet. her loterritter diz ist iuwer tart, so ir den buch gespiset* usw. *her swalwennest* gebraucht als schimpfende anrede Boppe II 384ᵃ 23.

vom falken sagt der Meissn. III 90ᵇ 14 *bi guotem vluge kiuset man den falken;* dem markgrafen von Brandenburg rühmt er 107ᵃ 8 nach *snel valkenvluc uf heldes werc.* — schwalbe und falke werden einander auch vom Kanzler II 388ᵃ 6 entgegengesetzt; ähnlich stellt kuckuck und habicht einander gegenüber R. v. Zweter 154.6 *der gugue gert der muggen, der habech dem starken storche obligt.* vgl. auch Freid. 73.16 *sô der wolf müsen gât und der valke kereren vât und der künee bürge machet, so ist ir ère geswachet.*

3 *quittel* vgl. Wackernagel, Voces variae animantium anm. 171 und dazu K. v. Megenberg 192.28 vom hahn *er ruoft seinen weiben mit seinem sänften quiteln zuo dem ezzen.*

10 vgl. Walth. 107.17 *vil meneger mich berihtet, der niht berihten kan sich selben als er solde.*

C 13.1 der traum Nebukadnezars Dan. 2.31—42 ist ein beliebtes thema der spruchdichtung vgl. Strauch zu Marn. XV. 201, dazu Steirer Meisters. hs. 144 (Schröer, Germ. Stud. II 220); vgl. Gesta Rom. no. 623. auch in der bildenden kunst fand er darstellung z. b. als wandgemälde im kapitelsaal zu Brauweiler. die ausdeutung auf die vier altersstufen des menschen statt auf die vier weltalter bei R. wie im Apollonius 66 fg. doch wohl nach alter tradition vgl. Roethe A. D. Biogr. XXX 99.

C 16.3 vgl. Kolm. CLVII. 17 *swann dich din herze lachet an so laz dir sin gedrouwen*, Freid. 87.14 *den milten nieman kan gedron: si hânt hie lop, vor gote ir lon.*

C 18.14 *mines herzen künegin* ist ein lieblingsausdruck

Heinzelins. Minnel 947. 1028. 1914. 1939 u. o., auch sonst im minnesang viel zu belegen.

C 20.6. Hätzl. II 9.8 *darzuo mich auch erfrävt die zeitt die künftig was.*

C 22.7. vgl. Frl. 328.3 *natûre, diu uns kan binden in der sünden sühte.*

11 vgl. R. v. Zweter 40.7 *welle aber iuwer kein dâ under minnen, diu sol mit schoenen zühten sich versinnen, gein wem si kêre ir wibes triuwe.*

C 24.8. vgl. Hätzl. I. 61.19 *Chain schöner pild ich nye gesach seid das ich sy von erst erchant.*

C 25.1 gott als bildgiesser wie Walth. 45.31 *der die zwei zesamme slôz, wie gefuoge er kunde sliezen! er solt iemer bilde giezen, der daz selbe bilde gûz,* K. v. Landegge MSH 1 351ᵃ *Ach got, daz din kunst mit vlize hât gegozzen nâch wunsch ein schoene bilde, dest mir sorge wilde.* sonst erscheint gott auch als maler wie Walth. 53.35 *got hât ir wengel höhen fliz, er streich sô tiure varwe dar, sô reine rôt, sô reine wîz, dâ roeselôht, dâ liljenvar,* als bildschnitzer Parz. 130.22 *si was geschicket unt gesniten, an ir was künste niht vermiten, got selbe worht ir süezen lîp,* als drechsler Parz. 258.24 *al weinde diu frouwe reit, daz si begôz ir brüstelîn; als sie gedraet solden sîn diu stuonden blanc, hôh, sinewel: jane wart nie draehsel so snel, der sie gedraet hete baz* und allgemeiner Parz. 148.26 *got was an einer süezen zuht, do er Parzivâlen worhte.* (an die stelle gottes tritt frau Venus bei Hugo v. Montfort V. 48 *Frô Venus het gemessen, mit einem zirkel ussgeschiben rechte lidmâzz bi ir bliben.*). gott als sticker Renn. 212 *diu heide bediutet dise werlt die got gewifelt und geberlt hât mit mancherlei wunne.*

J 6.1. gegen den *loterritter* eifern sich ähnlich Meissn. III 109ᵇ, Kelin III 22ᵇ. Dass in dem letzteren spr. ein ritterlicher spielmann gemeint sei, den hier der concurrenzneid des bürgerlichen fahrenden verfolgt, wird gewiss mit recht vermutet von Roethe a. a. o. s. 183.

15 vgl. 2. Reg. 1.21 *Montes Gelboe, nec ros nec pluvia veniant super vos.* über die mytholog. bedeutung des taues vgl. Liebrecht, Gervasius v. Tilbury anm. 4. — der pl. *touwe*

wie Walth. 27.21 *in meien touwen*, Tanh. II. 83ᵃ *daz quam von den süezen touwen.*

8.7 dem g o l d e als dem wertvollen, lauteren wird regelmässig das k u p f e r als typus des wertlosen, verfälschten gegenüber gestellt vgl. Grimm zu Freid. 45.4, Bezzenberger zu Freid. 125.19, Zingerle zu Sonnenburg IV 40; ebenso dem s i l b e r das z i n n s. Grimm zu Freid. 125 24, dazu Kolm. CLIX. 9 von dem falschen *sin silber heizet zin*, Renn. 1899 *biz daz er nimet rür silber zin*, ebd. 2657 *denne ob er naeme rür silber zin*, u. ö.; seltener dem g o l d e das z i n n H. v. Veldegge MSF 62.20 *ich hazze an wiben kranken sin, diu niuwez zin nement vür altez golt*, Frl. 86.17 *denk ic der man: vürwâr ich bin der ganzen triuwe golt niht zin*; oder beiden das b l e i Kolm. CLIV. 20 *swaz vor ein jâre guldin was, daz ist nû worden bli*, Renn. 8764 *doch muoz sin silber werden bli*, ebd. 9120 *Si (Rom) gît vür silber unde golt bli*, ebd. 13768 *in silbers varwe bli und zin betriegent tummer liute sin*, ebd. 18355 *als der umb silber wehselt bli*, ebd. 23407 *der lât zegiezen mich mîn zin swar ich wil als in sin golt;* oder dem g o l d e der s a n d und m i s t Renn. 2411 *der nimt vür golt griez unde sant,* ebd 3494 *der âzen ist golt und inne mist.*

9.9 vgl. Baseler meisters. hs. no. 63 (Bartsch, Beitr zr. Quellenkunde s. 300) *Ich lob den maister Marner unt brisen hie in sinem don ... er ist ein rehter warner.*

16 *die morder sin* der cj. mit derselben feinhei (da man die mörder nicht kennt) wie Walth. 85.10 *sô wê im der den werden fürsten habe erslagen von Kölne!*

17 derselbe gedanke, dass Maria den verstorbenen dichter für die ihr zu ehren gesungenen lieder belohnen solle findet sich in einer klage um Frauenlob Kolm. XIX.

20 vgl. Jer. 164ᵇ *er konde mit gelenkis bunt sin red machen.*

12.1 vgl. die einleitung zur ältesten deutschen über setzung des Cato (Zarncke 28.14 fg.): *er was ein Rômaer swie er ein heiden waere, er was witze richer und redete kristen licher beide spâte unde vruo den iezuo manic kristen tuo der er meister waenet wesen und ze schuole hât gelesen von getiusch und von kriege, wie er die welt betriege unde an maneger sach* reht unrehte mache, des nû leider vil geschiht. des tet doch der heiden niht usw.

4 vgl. Freid. 40.5 *ob sünde niht sünde waere, si solte doch sin unmaere durch vil maneye unreinicheit die man von der sünde seit*, Renn. 22816 *ob sünde niht sünde waere doch solde sin sin unmaere durch mangerleie gróz unrâit, die diu sünde an ir hât.*

13.1 = Luc. 4.18 fg. in zum teil wörtlichem anschlusse an den bibeltext.

14.1 = Lib. Eccl. XXV. 3 *Tres species odivit anima mea et aggravor valde animae illorum: pauperem superbum: divitem mendacem: senem fatuum et insensatum.* — das thema fand auch sonst behandlung in der spruchdichtung; Kolm. 674 (613 [b]) stehen 3 str. *Dru ding sol wir hassen. Her salomon der spricht* (Bartsch s. 62), Wiltener meisters. hs. bl. 5 [a] (Zingerle s. 384) handelt „*vonn liegen der reychenn*', no. 90 der Steierer meisters. hs. (Schröer a. a. o. II 219) ‚*drei lehr Solon*' wird ebenfalls hieher gehören. vgl. auch Marn. XV. 235 *mich wundert armiu hôchvart und ist alter man unwîs*, B. Wernher II 228 [b] 6 *hât swach geburt gróz übermuot dâ kiesct tôren bi*, Freid. 29.6 *Armiu hôchvart ist ein spot, rîche dêmuot minnet got* und Bezzenbergers anm., Renn. 20931 *davon sprach ein wiser man: trahtet ein wiser man umb guot, und hât ein armer tratzen muot, und hât ein alter man tumme site, dâ wonet lützel saelden mite.*

15.1 vgl. Sonnenbg. MSH III 71 [a]. *ich muoz der wârheit abe stân unt liegen umbe guot, sît ich bi rehter kunst bin gâbe unt guotes alsô blôz, sô wil ich sêrer lügen denne müge einer mîn genôz*, Rumel. v. Swâben III 68 [a] 1.

4 *Unreht* und *Reht* streiten bei R. v. Zweter 132; die *Rehticheit* erscheint personificiert R. v. Zweter Leich 219.

20.2 vgl. Stolle III 7 [b] 19 *ez ist uns ofte nuoc gesaget, daz er uns koufte mit sin selbes libe*, Walth. 36.31 *an dem fritage wurd wir von der helle gefriet*, Ev. Nicod. 1140 (Pfeiffer Übgsb. 5.19) *nû hân ich dich gekoufet wider an dem holze des crucis*.

3 vgl. Konr. v. Würzburg troj. 8270 *min vriez leben wirt geleit in des tôdes eigenschaft*.

22.7 vgl. R. v. Zweter 3.6 *mit allem rehte er dô die helle*

brach, ebd. 4.9 *er brach die helle nach siner urstende*, ebd. 258.10 *dich lert unvride die helle brechen vaste*, Hätzl. II 83.181 *die vorhell brach die sele sein Er stürmet sy mit klarem schein.*

23.1 vgl. den ganz ähnlichen spruch Boppe II 382ᵇ 22, Kolm. XXVIII. 25 *waer ich also starc als Samson was als Salomone wise; waer mir hern Aristotiles kunst alle kunt, rüert ich den grunt der schrift üz astronomie* usw., vgl. auch Strauch z. Marn. IX. 3.

8 in dem *Brün* vermutet den verfasser der Braunschw. Reimchron. Bech, Germ. XXIII. 147. — wie sehr solche spielerei mit den namen der gefeierten in der spruchdichtung beliebt war, zeigen die zusammenstellungen Roethes a. a. o. 228 a. 287.

24.1 vgl. Kolm. CLXXI. 15 *min wirde swebet ob der din als der vil kläre sunnenschin swebt über den liehten morgen.*

7 Kolm. CLXXIV. 27 *als din luft lüter ane wân sint reine frouwen wolgetân.*

8 Schwabensp. 130 (Lassberg) *under den leigen ist der erste an der stimme ze weln der phalzgrave von dem rine des riches truhsaeze.*

26.2 vgl. Pfeffel II 145ᵃ von Friedr. v. Oesterreich *er kan die siechen laben mit milte gebender hant.* es mag das aus geistlichen vorstellungen hervorgegangen sein. Christus ist der arzt der welt, der durch seine gebietenden worte und die aufgelegten hände gegen mannigfache übel und gebrechen heilung und hilfe schafft; Uhland Schr. II 253, vgl. dazu R. v. Zweter 86.7 *welt ir den sündensiechen laben mit êre*, Frl. 326.1 von Maria *des himels arzenie dû bist, diu wandels vrie, din vrühtic vreude senden siechen heilen kan.* Pseudo-Gottfried MSH II 273ᵃ von Maria *ach sender dol, ein süeziu arzenie*, dazu Herm.s v. Sachsenheim ged. Jesus der arzt und die erzählung von dem heilenden Christusbilde Gesta Rom. no 623.

35.1 R. v. Zweter spricht 319 von *der straffe müln* und *der kunste mülen*. eine *mülweis* wird Albrecht Lesch zugeschrieben Zingerle Wiltener meisters.hs. 532, auch Wolfram Kolm. ML. LXXXVI. 815 bei Bartsch no CLX. die mühle allegor. in geistlichem sinne Regenbogen MSH III 347ᵇ und Muskatbl. 29; als bild zweier liebenden Hätzl II 39.

2 *in hône wise* vgl. die *hônwîss* Wolframs Wagenseil s. 534.

7 vgl. R. v. Zweter 96.6 *swer gnuoc tuot der tuot baz dan einer der im selben übertuot.*

36.1 Frl. vergleicht ähnlich 265.12 die in der kunst zum besten gegebene weisheit, den *sin*, einem bache und flusse; Renn. 13898 *hôhe meister..., der sin von vollen brunnen vliuzet und witen in diu lant sich giuzet.*

3 des Marners lateinkenntnis rühmt unter einem anderen bilde H. v. Trimberg Renner 1229 *doch rennet in allen der Marner vor, der lustic Tiutsch und schoen Latin als ein frischen brunnen und starken win gemischet hât in süeze gedoene.*

7 Frl. nennt 286.17 *verkindet kint* ein kind, das nicht kindlich ist, das kindliches wesen abgelegt hat.

37.3 bezieht sich auf die bekannte hand des Guido von Arezzo (nicht auf nachmessung der sylben im liede Grimm Meisterges. 59 a. 41) vgl. Ambros Gesch. dr. Mus. II 175 fg. — dass es sich hier um den gegensatz zwischen der kunstloseren musik der weltlichen lieder und der gelehrten, auf mathemat. berechnung beruhenden geistlichen kirchenmusik handelt, setzt Burdach a. a. o. 174 auseinander.

10 = 1. Cor. 12.11, ein oft citierter ausspruch vgl. Marn. XV. 81 und anm.

38.1 gegen die friedenstörenden knechte ergeht sich auch R. v. Zweter 139. die beste illustration zu 38.39 gibt der Meier Helmbreht.

3 vgl. Freid. 32.9 *swer roubes unde brandes gert, untriuwe, mordes, derst nû wert.*

39.7 *den armen witewen unde weisen* die zu schirmen bes. aufgabe des ritters wár, vgl. Marn. XV. 92 anm.

40.3 ebenso betont Frl. 329.3 als beruf der fürsten *ir vürsten, ir sult wachen, die liute vroelich machen.*

42.1 R. v. Zweter 241.12 vom heuchlerischen grüssen *ez senket abe tief in der helle abgrunde*, ebd. 78.7 *unêre senket in der helle abgrunde.*

3 gegen den wucherer eifert auch Meissn. III 90^b 12 und bes. Muskatblut in zahlr. sprüchen.

5

6 *ipocrite.* bei Vintler 3494 ist *Ipocrisia* die 5. tochter des teufels.

9 Frl. 29.18 *er sach daz honec wirt selten guot gemischet mit der gallen,* ebd. 292.14 *ich hoer ich spür gall in des honeges list,* R. v. Zweter 301.6 *hüt iuch vor dem der menschen kunne verriet! sin honecsrim ist bittrer dann diu galle;* B. Wernher III 13ᵃ 16 *Ouê daz maneger valschen muot in herzen gar verborgen treit unt honeget mich doch mit dem munde staete zaller zit,* Renn. 14409 *valsch herze, des wort mit honege sint gesmirt, sin triuwe von gallen innen swirt.*

43.1 vgl. Freid. 138.7 *man sol streichen wiruden hunt daz er iht grine zaller stunt. mane hunt vil wol gebüret, der doch der linte wäret.*

3 Judas ist der sprichwörtliche vertreter der untreue. Helleviur III 34ᵇ 5 *er (der ungetreue) pflit der dinge der Judas der ungetriuwe pflac,* Meissn. III 91ᵃ 17 *vom ougenschalc der tuot sam Judas tet* und *dâ spürt man bî dû sist Judas afterslac,* Hätzl. I 45.9 *von dem lieger* und *klaffer: Judas ist dîn aidgesell,* Winsb. (ed. Haupt) 9.8 *ahte ûf die züngelaere niht die zwischen friunden werre frument und daz in Judas ahte geschiht,* Muscatpl. 83.5 *Ich singe von der werlt lauff da ynne ist worden Judas kauff, untruwe ein michel grosser hauff,* Parz. 321.10 *ime gruozer minen herren sluoc: ein kus den Judas teilte, in solhen willen reilte,* Renn. 14779 *von dem falschen mit Judas hât der selbe pflîht,* ebd. 15058 *der ist wol Judas genôz,* Teichner bei Kar. a. 145 *von sündigen mönchen hât er guoten schin und ist guotes willen blôz, sô ist er Judaz genôz.* der einheimische typus des ungetreuen ist dagegen Sibich vgl. R. v. Zweter 122.6, 203.8, MSD XLVIII. 10.6.

44.5 für die häufigkeit dieses wunsches in der spruchdichtung der fahrenden gibt zahlreiche belege Roethe a. a. o. 199 a. 250.

45.5 vgl. Frl. 56.1 *ein iager sol wol iagende hunde haben wert.* von dem hunde, der im winter nichts zu fressen bekommt, handelt auch H. v. Mügelin Kolm. CXXVII, Fabeln V.

47.9 *nagels künne. nagelmâc* wird im Mhd. Wb. II. 1.12ᵃ im gegensatze zu Haltaus 1401, der es als ‚verwandter von mütterlicher seite' nahm, gewiss mit recht erklärt als ‚verwandter im 7. gliede' nach der üblichen abzählung der verwandtschaftsgrade nach den gelenken vom kopfe bis zum kleinen finger; vgl. *nagelrinnt, lidemâc*. der kleine finger gilt auch sonst als das letzte der glieder, vgl. Musp. 91 *dâr seal denne hant sprehhan, houpit sagên, allero lido welih unzi in den luzigun ringer, unaz er untar desên mannon mordes kifrumita*. der von derselben sinnlichen anschauung ausgehende gegensatz zu *nagelmâc* ist ags. *heáfodmæg*, anord. *hofudnidjar* = die nächsten verwandten. — eine andere zählung der verwandtschaftsgrade ist die nach spaenen Parz. 128.28 *owê daz wir nu niht enhân ir sippe unz an den eilften spân*. — andere anschauungen im ags. *hleómæg* = consanguineus tecti vel domus particeps, *hyldomæg* = affectu cognatus, proxime cognatus; mhd. *verhmâc*.

49.1 über diese erzählung und ihre verbreitung vgl. Köhler Germ. XXVIII. 185.

50.1 die falsche zunge verfluchen Meissn. III 86ᵃ3, 96ᵃ5, Marn. XV. 80, R. v. Zweter 94.12, Unverz. III 44ᵇ3.

51.2 Frl. 95.19 *der bruch, diu pin genâden darf; diu schützet wol dem tamme* vgl. ebd. 183.1.

5 der hahn ist gewöhnlich bild der wachsamkeit. sein ruf ermahnt zur busse nach Math. 26.74 (vgl. R. v. Zweter 165.9 *der han dir kündet mit gesange dristunt zer naht des tages kunft: verslâfestû sin sigenunft in tôdes last, sô slâfestû ze lange*, vgl. Otte Kunstarch. I 485 und die ausführliche darlegung seiner *bezeichenunge* im Renn. 19703 fg.) und verscheucht den spuk der nacht vgl. Germ. XI. 85.

52.1 ein spruch über malerei auch MSF 245 und mit abweichungen Kolm. ML. s. 523. die spätere spruchdichtung geht gerne von einem gemälde allegor. deutend aus (zb. Marn. MSH II 246ᵃ, viele beisp. in Kolm.). im 15. und 16. jh. begegnet nicht selten dichter und maler in einer person vereinigt, so Jörg Wickram, Joh. Dan. Holtzmann, Nicol. v. Wyle, Heinr. Vogtherr, Tob. Stimmer vgl. Scherer Prosarom. QF XXI. 37 und anm.

3 zu *snatersnake* vgl. Marn. 5.160 *Wolt got lebt noch der alte wîse, der des valken pflac! der minte kunst vor snaterîn, die dâ sprechint atzille dole dak*.

54.5 ähnlich Kolm. LVII. 1 *Ze vil gerlôhet daz enfüeget keinem man an dem man ist geicone daz er singen kan.*

55.1 *weinen hilft von sünden* Freid. 35.12, Meissn. III 105ᵃ7, R. v. Zweter 181.8, 233, 237.8, 289.6, 291.11.

56.1 B. Wernher II 238ᵃ13 droht dem der zu ihm spricht „*habe din lop, lâ mir min guot*': *der wil sich minen sprüchen leiden vil gar die wîle unz ich ersihe, wiez im an werdekeit ergât: darnâch sô singe ich lihte ein lop daz nâhe bî dem schelten stât.* dagegen eifert Zilies v. Seine III 25ᵇ2 *ern kan niht singen swer dâ schiltet lobebaeren man und ouch einen lobet dâbî, der scheltens waere wert.*

57.7 vgl. Kolm. IX *grôz êre lît an den vil tugentlichen. ich stên vor in und bin ir kneht: die frumen sint ze loben lobelichen.*

58.1 vgl. Renn. 2143 *der tôren witze und affen rât.* der affe ist der typus der torheit. Frl. 303.16 *waz sol dem affen wiser künste dîezen*, ebd. 304.16 *din affensin kan rüedelichen zerren*, ebd. 164.12 *din tôrensin mit affenheit niur narren win dir schenket*; Unverz. III 43ᵇ *tôren lobent al ir wîse gerne mich der affen prîse;* H. v. Trimberg ist bes. freigebig mit diesem symbolischen ehrentitel.

59.1 ebenso Freid. 84.26 *swer wil den tôren reizen der sol im vil geheizen*, Braunschw. Reimchron. 3930 *scône untheyzen gipht hohemût dem tôren unde selten gût.*

8 *nû habe dich wol!* für die iron. anwendung dieser worte gibt belege Roethe zu R. v. Zweter 212.12. ganz ähnlich wird der mahnende gläubiger vertröstet im Renn. 2073 *vil lieber vriunt, gehabe dich wol! man sol mir morgen phennine geben, sô gilte ich dir, hân ich daz leben* usw.

63.4 vgl. 80.15 *wol uns daz wir dich müzen hie of erden loben* und 85.2 *got alle creatûre din die hâst dû dir ze lobe gedaht, die engel unt die lûte*, Renn. 2256 *got hât sinen namen ze loben geschaffen bilinde, riter unde pfaffen.*

7 der traditionelle grund für den sturz Lucifers ist seine *hôchvart* vgl. Freid. 6.2 mit Grimms und Bezzenbergers anm., R. v. Zweter 192.7 anm.

64.1 dass Christus könig sei, weil er uns regiere, und priester, weil er uns durch seine opferung von sünden erlöste

und mit gott aussöhnte, führte schon Hugo Floriacens. c 2.3 aus,
und die päbste als stellvertreter Christi griffen diese auslegung mit eifer auf zur histor. begründung ihrer machtvollkommenheit über das kaisertum. *Non solum pontificalem sed
regalem constituit principatum* schrieb Innocenz an Friedrich II.
vgl. Raumer Hohenst.² IV 120. VI 60.

6 dieselbe etymologie gibt Müglin bei Zingerle a. a. o.
345 *ain herezog haist ein herezieher, daz auch das volgk soll
ziehen nach im in raise.* — *herzoge* wird Christus auch in
Ezzos Ges. MSD xxx. 26.9 genannt.

65.9 auch R. v. Zweter nennt 5.8 die barmekeit *ob allen
tugenden küneginne*.

67.7 Frl. 370.7 sagt von demselben Erich von Dänemark,
dessen namen er nicht nennt: *er tar sich érenricher werke
rüemen*, Tanh. II 81ᵇ von herzog Friedrich v. Oesterr. *er mac
wol heizen vriderich.*

68.1 die **gnade gottes** wird gerne als **bach** dargestellt. über den mytholog. kern dieser vorstellung vgl.
Myth.⁴ I 485 fg. unter *heilawác*. Maria wird oft geradezu als
heilawác oder *gnádenvluot* angeredet GSm. XLV. 11, vgl. dazu
Walth. 36.23 *dû flüetic fluot barmunge*, Marn. s. 158 *Ave Mariá!
gnáden vol, barmunge ein bach, der nie vervlôz*, Herm. d. Damen
III 160ᵇ *sie ist ein brunne der barmunge*, Kolm. VI. 530 *ich
gnáden bach*, 603 *der güete ein brunne*, ebd. VII. 289 *dû ursprinc,
rivier reine*, ebd. CLXIII. 19 *ein brunne Márjá hôhgemeit von
dir só vliuzt der gnaden vluz;* R. v. Zweter 12.4 *diu aller güete
ist übervluot*, Frl. 160.18 *úf saelden wâge sicam dîn pris*, ebd.
327.1 *rich übervlüzzic güete bist dú in voller vlücte*, ebd. 349.8 *vertriben hât der sünden last dîn übervlüzzic brunne*, Hätzl. I
129.5 *so gar suptil ich singen wil der iuncfrawen clar die ich
fürwar wol nenn der genaden prunne* vgl. auch Cant. Cant. Sal.
4.15. von gott Meissn. III 86ᵃ 1 *hilf schepher aller dinge, dû
bist aller güete ein übervlüzzic brunne . . . . ein brunne entspringet
in dem herzen dín*, ebd. 97ᵃ 3 *er ist der barmunge ein ursprinc.*
weltlich gewendet vom *wip* Frl. Lied. V. 1.3 *wîp milte ein
übervlüzzic bach*, ebd. 1.8 *aller güete ein brunne klár.*

7 vgl. Frl. 14.17 von gott *der spreiten mac ein wite
schôz dem volget mit.*

69.7 vgl. Sonnenbg. IV. 10 *ir sin ob aller wisheit san aldô si got ze muoter kôs und si den umberiene.*

11 über die bildliche verwendung von hammer und zange vgl. Strauch z. Marn. I 25. ähnlich Frl. 265.9 *stouz zwei herze wisheit begrifen mügen mit sinnes klân.*

70.13 vgl. Frl. 276.11 *wol hin dû rüler hellestane!*

71. dieser spruch erscheint als eine für den didaktischen zweck verkürzte und verallgemeinerte bearbeitung der erzählung von dem klugen und dem törichten soldaten Gesta Rom. p. 378. vgl. auch Kolm. CXLIX. 13 *noch wil ich singen fürbaz von den tumben, sie lâzent alle den slehten wec und volgent nâch dem krumben.*

11 vgl. Gesta Rom. 379.35 *Ait alter miles stultus indici: Ipse causa mortis mee est; constat toti mundo, quod ipse est sapiens et ego naturaliter stultus unde per sapienciam suam non debuisset tam leviter adherere stulticie mee.*

11 dieselbe formel Kolm. XLIV. 6 *daz merke ouch swer dâ welle*, H. d. Damen III 166ª 8 *der phenninc ist ein êren diep, daz merke swer dâ welle.*

72.1 Meissn. 100ᵇ 7 klagt der planeten lauf sei *unstaete* geworden: *sunne unde mâne, darzuo Venus sit geêret, Jupiter Mars Mercurius Saturnus, ob ir min gemüde hât: wen sol ich under in sibenen ruofen an, der mir min ungelücke swache? Mercurius nû hilf mir, daz mir saelde wache: schinet er mir ze gelücke noch, sô kume ich wider ûf der saelden phat;* K. v. Megenberg 64.14 vom Mercur *er haizt auch in kriechisch stilbon daz ist ze däutsch guot tröpfel darumb daz er guot genad genzet und eintropft den kinden, der herr er ist* und 64.28 *ez sprechent auch etleich, daz er gelück hab ze geben auf kaufmanschaft.* über das glück als stern vgl. Grimm Kl. Schr. VI 282 und die anm. zu Freid. 108.3.

7 vgl. Marn. XV. 19ª 11 *iegliche creature heldet den ir orden baz niuwan diu arme menscheit*, Heinzelin vom Ritter und v. Pfaff. 193 *er heldet sinen orden.* — zum gedanken vgl. Freid. 31.24 *swer hie ûf erden rehte tuot daz dunket ouch ze himel guot.*

7 Bech. Germ. XXIII. 147 will aus den anfangsbuch-

staben der worte *der menschen zuht erlichen heldet* herauslesen
der Menzer. der spruch sieht mir nicht aus wie ein lobspruch.

75.7 *scheideltranc* nd. *schédelglas*, — *kanne* ist das glas und
die kanne, woraus man beim abschiednehmen trinkt, Lübben
IV 58ᵃ.

76.1 es ist der allgem. brauch der fahrenden, in ihren
lobsprüchen die gepriesenen herren mit tieren zu vergleichen,
deren allegor. deutung grossenteils dem physiol. entnommen
ist. — poet. verwendung der von R. angeführten tiere ist
reichlich zu belegen. so vergleicht der tugendh. Schreiber
im Wartb. 3 den landgrafen dem adler und löwen, Ofterdingen
ebd. 13.13 den herzog von Oesterreich dem adler, ebenso
Tanh. II 81ᵃ; Walth. 12.24 sagt vom kaiser Otto *ir
tragt .. des aren tugent des lewen kraft*, Frl. 445.5 vergleicht
den grafen von Oettingen, Lied. IV. 3 die geliebte dem
panther, Stolle III 5ᵇ könig Rudolf dem löwen. — der löwe
bedeutet manheit *(ein lewe bezeigent hôhen muot* W. Gast
8.5.), der adler *dinget harte sêre, sin hôher fluc bezeigent êre*
W. Gast, sonst wohl auch *milde;* von des panthers *süezem
smac* weiss der physiol. abenteuerliches zu erzählen. — dass
unser dichter diesen gebrauch hier bekämpfe, wie Roethe
a. a. o. 234 a. 242 meint, glaube ich nicht; er wollte seine
kunstgenossen einfach übertrumpfen (wie Fr. v. Sonnenbg.
IV 37 die vergleichung des herrn v. Rifenberc mit einem
zweige, die ein dichter angestellt hatte, nicht genügt; er will
ihn einem baume gleich gestellt wissen). wohl hatte schon
Bernhard v. Clairvaux sich mit heftigkeit gegen die tier-
allegorien, mit denen man die kirchen zu schmücken liebte,
ausgesprochen: *Ceterum in claustris coram legentibus fratribus
quid facit illa ridicula monstruositas, mira quaedam difformis
formositas ac formosa deformitas? Quid ibi immundae simiae?
quid feri leones? quid monstruosi centauri? quid semihomines?
quid maculosae tigrides? quid milites pugnantes, quid venatores
tubicinantes?* etc. (vgl. Kreuser Kirchenbau II 174) — mit
welchem erfolge, zeigen am besten die denkmäler. dieser
brauch lag zu tief begründet in der ganzen anschauungsweise
des mittelalters und seiner naturbetrachtung, der treffenden
ausdruck Freid. 12.9 verleiht *din erde keiner slahte treit daz*

gar si âne bezeichenheit; nehein geschepfede ist so fri, sin bezeichne anders dan si si.

12 parallelstellen hiezu verzeichnet Strauch zu Marn. XV. 61, dazu R. v. Zweter 144.2 *der uz der tugende wegen sô verre hât gehûset, daz strâz noch stic ze sime lobe gât,* Walth. 149.26 *sô bûwes dû ûf einen strâze;* vgl. auch 26.9.

78.1 dieselbe geschichte erzählen die Gesta Rom. p. 440 vom löwen und der löwin, p. 410 vom storche und der störchin, beide male mit ausdeutung auf Christus und die seele. Kolm. LVIII berichtet dasselbe vom storke und der storkinne und wünscht anwendung auf die ehebrecherischen frauen; vgl. auch Liebrecht, Gerv. v. Tilbury a. 68. — Meissn. III 98ᵃ2 stellt in ähnlicher weise die schlange, die ihre alte haut abstreift, dem sünder als nachahmenswertes beispiel vor augen.

80.16 vgl. H. d. Damen III 160ᵇ *der al die himelrotte hobet,* Brem. nds. gebetb. 144 *Daz ze* (die engel) *dy vrolyken mede loven unde so togentliken vor dy horen.*

81.14 über *valsch* = falsches geld s. Benecke zu Iw. 360, Lachmann zu Walth. 82.4.

82.4 vgl. Kolm. XXI. 50 *sus hât unreht des rehtes craft gewalticlich verdrungen.*

6 ähnlich klagt Freid. 48.5 *swer den rihter phlihten siht mit dieben, des doch vil geschiht, des mac der diep geniezen wol, sô man in verteilen sol.*

83.1 auch R. v. Zweter spricht 71.7 von den *richen guotes, armen an gemüete,* Meissn. III 94ᵇ3 *ein helt des muotes unt des guotes,* Unverz. III 43ᵃ2 *manigen vind ich riches guotes unde gar verzagetes muotes.*

13 den einfluss der planeten erwähnt auch Frl. 130.8 *planéten weben und ouch ir hôhez tirmen dinen lip beschirmen, daz untât ninder hâres breit an dich mac gevirmen, mit wisheit dîn complexie dîn ist an dem orte gestâlet,* vgl. Grimm und Bezzenberger zu Freid. 108.5. — über den einfluss der gestirne bei der geburt vgl. Myth. ²II. 717.

84.1 über die t u r n o s e n vgl. Mader in Grotes Münzstud. I 29 fg., Lamprecht D. Wirtschaftsl. II 434 fg., abbildung bei Du Cange IV Tab. VII. 5. zuerst in Frankreich unter Ludwig dem heil. (1228—1270) geprägt. erscheinen sie um

1250 bereits in Köln und werden, da sie sich durch guten gehalt und nettigkeit des gepräges empfahlen, in der 2. hälfte des 13. jh. in den Niederlanden und den Rheingegenden viel nachgeschlagen. Philipp III. (1270—1285) schlug turnosen von gleichem gehalte wie Ludwig XI., Philipp IV. (1285 bis 1314) münzte 1295—1305 aus $^1/_3$ silber und $^2/_3$ kupfer, 1305 kam er auf den alten münzfuss zurück, nur um ihn baldigst wieder aufzugeben. (Mader a. a. o. 31). die annahme einer anspielung auf diese verhältnisse in spruch 84 würde diesen in eine zeit versetzen, in der wir unseren dichter sonst nicht mehr verfolgen können. R. hat viell. nur den umstand im auge, dass von den turnosen als 12pfennigstücken 20 auf das 12unzige gewichtspfund Karls des Gr., also $13^1/_3$ auf die 8unzige mark hätten gehen sollen. aber um 1250 giengen deren bereits 58 stück auf diese mark; 1361 bestimmte ein münzgesetz gar 84 stück (vgl. Grote I. 150).

3 *ob ich rügen turste* vgl. Stolle III 8ᵃ 27 *torste ich nû, ich wolde ir laster sprechen,* Frl. 156.1 *Ein kunterfeit wart mir durch schouwen vür getragen, törst ich ez klagen, mich trouc sin übergulde.* die häufigkeit derartiger formeln belegt Roethe a. a. o. 203 a. 259.

11 der *berner* ist geradezu bezeichnung von etwas ganz wertlosem, so bei Hugo v. Montfort V. 94 *er sprach zuo mir: dest Perner gelt* = das ist nichts, wozu Wackernell noch Mart. 60.75 *niht einer Berner gulte* und Netz 8897 *sie hettend in nit ain Berner gelân* vergleicht. das gepräge dieser münze beschreibt Renn. 18520 fg.

86.9 *singof, sing abe* scheint auf auf- und abgesang zu gehen vgl. Grimm Meisterges. 44 a. 31; vgl. Stolle III 10ᵃ 38 *gienc ûz, gienc in, gienc hin, gienc wider unde vür: swâ ich nû gê sô weiz ich wol, daz ich niht bezzers spür dan ein reine saelic wip.*

87.4 vgl. Meissn. III 100ᵇ 1 *swer sane daz pelicânus toete sinin kint, er hât gelogen, er lese baz din buoch;* Heinzelin Minnel. 1981 *so sprichet ouch ein wiser man, der der buoche wunder kan.*

89.1 die späteren spruchdichter betonen besonders häufig, wie notwendig es sei, dass der mann *gelükke* habe. vgl. 90.9, Meissn. III 87ᵃ 6 *hätte ein mann alle tugenden und hete er gelückes niht, was hülfe daz?* zahlr. beisp. in Kolm.

14 vgl. Freid. 72.15 *ein weiser herre gerne hât wîse friunt und engen rât*, Renn. 1404 *swer mêr wil zeren denne er hât der suochet mangen engen rât*.

16 R. v. Zweter 281 findet, dass selbst der teufel, der wenigstens keinen dienst unbelohnt lasse, noch über den kargen herren stehe, die ihre treuen diener nicht belohnen.

90.1 schnee und eis sind sinnbild der unbeständigkeit Grimm zu Freid. 1.10, Strauch zu Marn. XV. 237, Zingerle zu Sonnenbg. IV 212 dazu Walth. 79.33 *swer mir ist slipfic als ein is*, H. v. Montfort XV. 74 *er buwt och uf ein is*, Carm. Bur. 1. 1. *potestatem dissolvit ut glaciem*. ähnlich die wolke Mart. 78ᶜ *swer der vröuden wil getrûwen, der wil uf ein wolken bûwen* und der regenbogen Freid. 1.5 *der hât sich selben gar betrogen und zimbert úf den regenbogen*.

92.2 *zû sinen jâren komen* ist der techn. ausdruck der rechtssprache für mündig werden, vgl. Ssp. I 25.3. dafür auch *sich jâren* ebd. II 53 oder *zû sinen tagen komen* ebd. I 42.1. die mündigkeit tritt nach dem Ssp. ein mit 21 jahren.

6 vgl. Strauch zu Marn. XV. 44, Roethe zu R. v. Zweter 75.7, dazu Freid. 73.5 *In weiz niender vürsten dri, der einer durch got vürste si*, B. Wernher II 233ᵇ 2 *unt daz nû lützel ieman lebt, die dri als er* (der herr von Orte) *von schanden sin : der eine ich leider vünve niht von Ungerlant ze berge unz an den Rîn*, Kolm. XX. 32 *wer zeigt mir einen staeten man ? unstaeter zeige ich im dri*.

17 sieht aus wie eine erinnerung an Josefs traum 1. Mos. 37.9 *Aliud quoque vidit somnium, quod narrans fratribus ait : Vidi per somnium quasi solem et lunam et stellas undecim adorare me*. als gegenstand der spruchdichtung erweist diesen Wiltener Meistersingerhs. bl. 89ᵃ (bei Zingerle s. 364) *Josephen traum von Wolfram von Eschelbach im Fürstenton*. ähnlich sagt R. v. Zweter 56.12 von einem ritter der alle tugenden in sich vereint *ein künigin sol im ir houbet neigen*. zu den in der anm. dazu angef. parallelstellen vgl. man noch Renn. 4496 *Swer getriu waere den solden wir loben und solden im nigen swâ er gienc*, Meissn. III 107ᵇ 11 von Albrecht v. Brandenburg *ze saelde schîne im itslich stern, diu mâne unde ouch der sunne*, Stolle III 5ᵇ 12 *taete er daz, sô waere er wert wol*

einer keiserinnen. über das *nigen* als ausdruck der verehrung s. Myth.² 1.26. sonne und mond werden zur zeit des kirchenstreites von geistlicher seite wohl auch tendenziös als sinnbilder der geistlichen und weltlichen macht hingestellt, vgl. Raumer Hohenst.² VI 60, dazu Renn. 8967 *Den babest bezeichent uns diu sunne von dem geistliches rehtes wanne schinen sol, sô bediutet daz riche den mânen* usw.

93.1 gegen den *ruom* und die *rüemer* eifern auch Marn. XV 19ᶜ, H. d. Damen III 168ᵇ 7, Boppe II 382ᵃ 20.

5 vgl. R. v. Zweter 257.10 *waz sol ein man der spricht im si gelungen an vrouwen? der hât selben sich von êren gar verdrungen.*

95.13 nicht mit unrecht bemerken solcher selbstzufriedenheit gegenüber Freid. 84.6 *wir gevallen alle uns selben wol, des ist diu werlt gar toren vol* und Kolm. XIV. 39 *sit iderman gevellet sine wise wol, dâvon ist vol, spricht man daz lant der tôren.*

96.17 vgl. Kolm. XV 25 *hab reine zarte frouwen liep, al schande muoz von dir wîchen,* ebd. XXI. 43 *wer recht tut, dem manne muoz diu schande entwîchen.*

97.11 vgl. Meissn. III 103ᵇ 15 *geêret si der milte got der mit siner almehticheit allin diuc ordiniret.*

98.7 vgl. R. v. Zweter 217.7 *darzuo riet im diu Barmunge unt diu Minne.*

13 vgl. Meissn. III 94ᵇ 1 *uns machten sine hende.*

100.3 vgl. R. v. Zweter 47.8 *Êre unt ein wîp ... lâzent sich ensamt besliezen einen êregernden man des herze si behûsen kan,* ebd. 95.4 *von der reinen zunge wol in der si behûset hât!,* ebd. 116.1 *diu hant diu müeze saelec sin, dâ milte unt ellen beide hînt gehûset in,* Kolm. CXXIV. 38 *swer êre welle hûsen in sines herzen brust,* Ulr. v. Lichtenst. Frl. 650.20 *herzenliebe an der stat in ir beider herzen hûset.*

5 dasselbe bild Hätzl. II 58.92 *sunst ward ir ains der hertzen den angel schlinden an der mynn.*

6 der fuchs als bild des schleichenden gleissners wie Seifr. Helbl. 5.42 *er kündiger glîchsenaer, er weiset liute unde lant, er kündic vuhs in sin hant.* (über *mûsen* = schleichen s. Haupt zu Neidh. 84.30). sonst gilt dafür auch der pfau

vgl. Wilmanns zu Walth. 19.31, dazu Meissn. III 88ᵃ 13 *der schalc smeiche, er löse oder gē mit pfâwentriten*, ebd.110ᵇ *mit pfâwentriten gebāret ir, ir tugendelōser lasterbalc.*

102.1 vgl. Freid. 166.7 *liegen triegen hânt den pris.*

103.9 *ir tenisch loch* erklärt Müllenhoff, Nordalbing. Stud. III. 96 = das *danske low*, altdän. *logh* oder *loch*, altnord. *lag.*

S 5.8 dass die erde Adams jungfräuliche mutter sei, ist eine schon den alten kirchenlehrern angehörige, in der mhd. dichtung viel citierte ansicht; vgl. hierüber Köhler in Germ. VII. 476.

S 5.12 das christentum erscheint auf grund von Gregors moralien als *wāc*, den das lamm durchwatet. die welt wird häufig als meer dargestellt, dessen stürmische wogen — die sünde — die menschen bedrohen. vgl. Roethe zu R. v. Zweter 85.1 und 170.1.

Lebenslauf.

ich, Friedrich Wilhelm Panzer, bin am 4. sept. 1870 als sohn des fabrikanten Gustav Panzer zu Asch in Deutsch-Böhmen geboren (ev. A. C.). den ersten unterricht erhielt ich an den schulen meiner vaterstadt; hierauf besuchte ich das gymnasium zu Eger, das ich nach 7 jahren mit dem zeugnis der reife verliess. um germanistik und kunstgeschichte zu studieren, bezog ich im herbst 1888 die universität Leipzig; in Jena, München und Wien setzte ich meine studien fort. ostern 1892 kehrte ich nach Leipzig zurück, wo ich auch das WS. 1890/91 verbracht hatte.

meine studien erstreckten sich auf das gebiet der germanischen philologie, der kunstgeschichte, archaeologie, geschichte und philosophie. ich habe vorlesungen gehört, beziehungsweise übungen mitgemacht bei den herren professoren und doctoren: v. Bahder, Birch-Hirschfeld, Brenner, Breymann, Carrière, Elster, Erler, Flügel, Gaedechens, Golther, Heinzel, Hildebrand, Janitschek, Kluge, Klopffleisch, Litzmann, Lorenz, Minor, Mogk, Overbeck, Pierstorff, Riegel, W. H. v. Riehl, B. Riehl, Schrader, Sievers, Springer, Wickhoff, Wundt, Zarncke, v. Zeissberg.

in Jena, München und Wien habe ich an deutschen seminarübungen teil genommen, dem kgl. deutschen seminar zu Leipzig gehörte ich 3 semester als ausserordentliches, im letzten semester auch als ordentliches mitglied an. auch an den übungen des kunstgeschichtlichen seminars zu Leipzig habe ich mich ein semester beteiligt.

von all den genannten herrn wurde mir reiche belehrung und förderung zu teil. besonderen dank schulde ich herrn professor dr. Sievers in Leipzig, dessen freundliche teilnahme auch diese arbeit begleitete.

Stanford University Library
Stanford, California

In order that others may use this book, please return it as soon as possible, but not later than the date due.